U0916947

蝶影·佩索阿

伊指◇著

中国文联出版社
http://www.clapnet.cn

图书在版编目（CIP）数据

蝶影·佩索阿 / 伊指著. -- 北京 : 中国文联出版社，2017.10

ISBN 978-7-5190-3172-5

Ⅰ. ①蝶… Ⅱ. ①伊… Ⅲ. ①散文集－中国－当代Ⅳ. ①I267

中国版本图书馆 CIP 数据核字(2017)第 253149 号

蝶影·佩索阿

作　　者：伊　指

出 版 人：朱　庆

终 审 人：奚耀华　　复 审 人：王柏松

责任编辑：周小丽　　责任校对：杨　悦

封面设计：東方朝阳　　责任印制：陈　晨

出版发行：中国文联出版社

地　　址：北京市朝阳区农展馆南里 10 号，100125

电　　话：010-85923036（咨询）85923000（编务）85923020（邮购）

传　　真：010-85923000（总编室），010-85923020（发行部）

网　　址：http://www.clapnet.cn　　http://www.claplus.cn

E - mail：clap@clapnet.cn　　zhouxl@clapnet.cn

印　　刷：北京长宁印刷有限公司

装　　订：北京长宁印刷有限公司

法律顾问：北京天驰君泰律师事务所徐波律师

本书如有破损、缺页、装订错误，请与本社联系调换

开　　本：710×1000　　1/16

字　　数：295 千字　　印 张：15.5

版　　次：2018 年 6 月第 1 版　　印 次：2018 年 6 月第 1 次印刷

书　　号：ISBN 978-7-5190-3172-5

定　　价：56.00 元

一切都是安排

一切都是馈赠

目录

致我最尊敬的佩索阿先生：

尊敬的佩索阿先生，在我《风狂雨住　落水飞花》的诗集中，我提到了您的《不安之书》，并将一首略长的诗献给了它，来抒发它带给我的与《不安之书》第一次接触的来潮思绪。

但这短短几页诗行远不足以表达您的作品带给我的绵绵不绝如细雨敲击般内心的叩问。

我早已下定决心，将这些绵绵不绝的雨编结成永恒的美丽丝带，用文字钩织一顶美丽的王冠，来与它做永久温馨的陪伴。

但我又怀有深深的恐惧，怕我拙拙的笔触不能丝滑出您细腻的心绪，更担心我愚钝的头脑远不能和鸣您伟大的思想。可我还是义无反顾，想完成心中如被神灵催促的一场盛宴。

于是，我再次品读书中的每一字，每一行，我相信我能找到更迷人的天地。

这天地如同世间的360个维度，每一个转身，都有一幅美丽的画面，枯瘪的人生在这维度里找到久违的慰藉。

当我们沉静下来，却感觉肉体躯壳中，有一个“灵魂”在慢慢出走。

我们能感觉它的存在，从虚无到真实，从信仰到碰触。

我不知道再次品读您的作品，我的魂灵能飞到多高、多远。

因为您作品的深邃，早已是我遥不可及的思想宝藏。

或许不管我是多么的努力，我伸出的手臂再长也不能触到您宽袍的边角。

但我还是想再次走进您书里的世界。

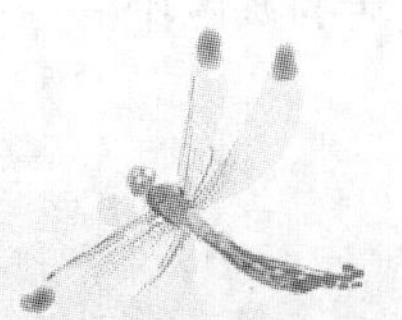

第一章　里斯本的咖啡馆

一　里斯本的咖啡馆

昏暗的灯光下，朦胧中，我好似走进了那间里斯本的咖啡馆。

同时一幅凡·高的画作突然浮现在我的脑海，也是在咖啡馆，

一位身着黑裙的女子两只胳膊肘在桌上，双手托着下巴。

她双眼向前方凝视，像是在注目某件事物，又像是若有所思的模样。

我联想起了她，虽然这幅作品我以前只是印象着她那两只粗壮有力的双臂。

我似乎看到了咖啡馆里围绕在女子身边的袅袅烟雾，

她那仿佛在思考又略带迷茫的眼睛随意地四处寻着，似乎要盯住某处，又似乎什么都没看见。

或许她看到的只是自己脑中的，或是意识中的画面。

我无意再去探寻她的随想，我喜欢她那停留的状态，那种人生忙碌中抽得的短暂的舒适和惬意。

但是在您描写的里斯本的咖啡馆里，您笔下的那个“冷淡苦楚的郁积”的脸却带我飞向了人生的另一个遥远的镜面。

冷淡。苦楚。

一位坐在咖啡馆黑暗角落中无处安置的男子，他的人生是怎样的经历和坚忍，又是如何地在卑弱中爬行。

我想象着他瘦削的脸庞，咽着自己日子的愁苦。这种滋味，遥远又熟悉。刻在每个人生活的基因中。

您从他的身上看到了自己，苦涩却富有才华，寂寞又满怀热情。

您逐渐喜欢上他，走近他，了解他。

朦胧中，您读到了一个真实的自己。

您走近您自己灵魂的躯壳。

向我们讲解如您在母亲子宫内膜中窥测的世界。

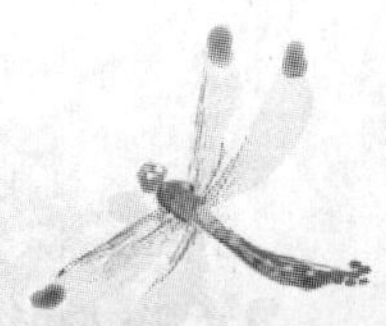

二　西班牙葡萄酒

最近，我喜欢上了葡萄酒，来自西班牙原装的葡萄酒。一喝下它，我感到莫名的兴奋和欢喜。

这个红色的东西能够浓缩血液中的神经，丰富人的感官，充沛我们的想象力，我于是爱上了它。

当一天的疲惫落幕，最欣慰的是晚餐那一小杯浓缩的红色美酒。

我顺着美妙的感觉看周围的一切，愉悦的情绪带动周围的空气。

在纷乱的物质社会，感观是我们与世界联系的第一个触点，它给我们多种的情绪。

或喜，或怒，或悲，我们陷入而不能自拔。我们对世间的一切看法也随着它们的面孔转化。

美好，嫌恶，憎恨。人类陷入越扯越不清的纠结的网。从希望，到失落，至堕落。

离上帝越来越远的人类，在自我迷惘中徘徊。

信仰变成一张空头的支票，最终被现实的尘埃掩埋。

是什么力量使您从尘封的泥土中，再次捡拾拼凑几乎要被完全践踏的信仰，用您伟大的思想解释人类肉眼并不能看见的上帝。

随着您如诗的语言，血色的感受，我们能看到自己驱壳中隐藏的魂灵。

它使我们肉欲的身躯得以净化。

多么希望这个本在死后飘飞的魂灵，经过您的思想的升华，变成一枚闪亮的珍珠，最终收入上帝的手中，为其做王冠的装点，

而不是再次迷途地坠落在下一世凡胎肉体中。

三 阿尔塞纳尔的大街

您从您的出租屋到办公室，路过的街道上的每一块路砖，都计算着您岁月每一日的步履。

阿尔塞纳尔大街，阿尔范德加大街，默默由东向西绵延着。

您沿着它们的方向，却走入另一个时空的网。

人们看似嘈杂热闹的街道在这里息声，您进入另一个空间。

您回想着从街道边路过时遇见的店主，新婚的夫妇，吹奏的队伍，

他们只给您平铺的画面，没有声音，一切在静寂中。

您只看到他们的脸，他们的动作。

像无声的电影，他们在您眼中就像翻卷着的黑白像幕。

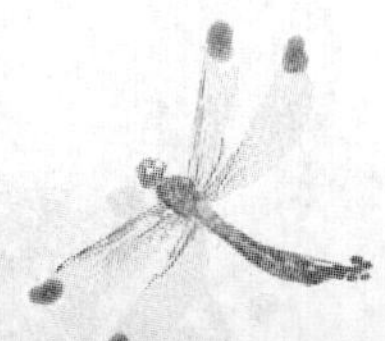

四　与人不同的眼睛

究竟是什么力量使您能够轻易在平日将白昼关闭，直接踏上进入通向上帝的阶梯。

您总给自己一个时空的落差，莫非您有一双与凡人不同的眼睛，它直接折射出神的荣光。

可为什么在您的书中我总看到一个婴儿的画面，它是如此的娇嫩，脆弱，害怕世光。

它让我心生无限怜悯，似乎能够触摸它那个小小的眼中看到的它不情愿却被上帝搁放的世界。

它敏感而怯懦地呼吸着，在这个易被伤害的人间天穹。

第二章　撒马尔罕大门

五　撒马尔罕大门

您说在工作桌上枯燥的账本中，您脑中浮现出印度河和撒马尔罕的大门，

您想到了波斯诗歌。

这种通过心底的声音来摆脱眼前的平庸单调的状态，我是多么的熟悉和拥有。

是的，我想我是天天或是随时会有，这种飘离眼前的枯燥却享受着另一种状态下的美妙。

这种很少人能够理解或拥有的交错的时空和意识，经您一描述，我更加珍爱。

它带我走过平凡枯燥的职业生涯，它让我知道并去追求另一种生命感知的存在，

一种永恒的，超越时空的美妙的状态。

用绘画，用文字。它们让我听到无色空气中迸发的声响，我似乎听到缓缓的乐章。

仿佛多年前在瑞士的莱蒙湖，我穿越河中的木桥，听到天鹅在水中划过的声响，我居然似乎听到了神圣的乐章。

这似乎也是在伟大作曲家贝多芬电影中描写的情景，耳聋的他写了伟大的生命乐章。

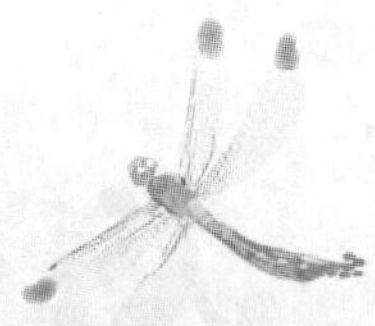

六　开始写作

是啊，您开始写作，用您全心的忧伤。

我始终不解您为何有那么多的忧伤，

即使了解了您父亲早逝母亲改嫁的童年，

我依然不明白为什么您有那么多的忧伤。

您把您真实的伤痛掩藏，却有了一双识别他人痛楚的眼。

这忧伤遍布您生活的周围，您平常的上班，生活，

在您途经的道拉多雷斯街道，在您遇到的那些普通人中，您始终能读到他们的忧伤。

于是，您开始您的写作，用文字记录平常人看不见的忧伤。

这忧伤，像一曲曲悲伤的夜曲，它划过每一个疲惫平凡的人心中，

却敲响所有尘世的魂灵。

七　您的老板

我惊讶于您和您的老板维斯奎兹先生之间的温婉的情谊，您对这种友情的矛盾、却热情的描述。

是的，我似乎能看见您在办公室，对着您的老板，看着他精气十足，慢条斯理的发号施令时，您冲着他发自内心地微笑。

这不是下级对上级谄媚的笑，而是带着您对老板的纠结却满意又带着喜欢的笑。

这是一种友情的笑，也是某种宽容大度的温情友好的笑。

我想象您在他的手底下工作，对您是一件多么惬意的事。

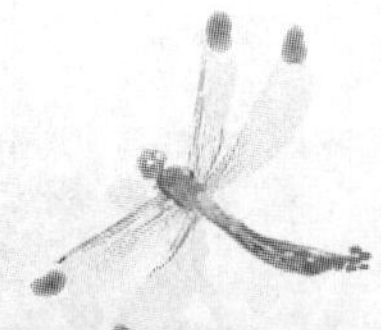

八　维斯奎兹先生

您读着维斯奎兹先生，似乎看到了另外一种人生。

一种与您在您的出租屋中，在您喜欢做的白日梦中，

一种与您渴望的逃离不一样的人生。

您读懂了一种平凡，也爱上了这种平凡。

您用您的智慧用您的才华超越这种平凡，带着我们从枯燥中逃离。

九　戴面纱的女士

我脑中浮现一个场景：

在公园的长椅上，您和身穿黑色长裙脸戴面纱的女士坐在一起。

那位女士一直在说话，向您倾诉自己的故事，自己的人生。

而您仿佛似听非听，您抓不住任何的字。

可您却记得她说话时激动的脸庞，眼里时闪的泪水。

您从不去打断什么，只是在认真倾听。

直到那位女士说完，您同她一起静默。

最后，她起身整理自己的长裙，戴上手套，默默从您身边离去。

您目送着她，没有说一句话。

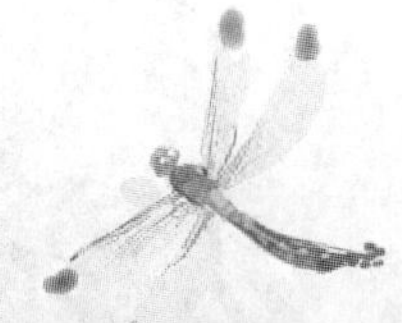

第三章　钩织生活

十　钩织生活

虽然您没有用言语来宽慰向您倾吐生命的人们，但您却用您独有的眼将他们的生活钩织。

钩织出一幅幅美丽的画面。

靠刺绣忘掉悲伤的妇女，靠单人纸牌度过夜晚的您上了年纪的伯母。

这又让我联想起多少幅精美的图画，凡·高笔下的邮差，老妇，小孩。

这些平凡的人们，在平凡苦难中挨着生命的岁月。

您用文字将她们的日子划出如刺绣布上精美的丝线。

由此他们平凡的生命却闪耀出金灿灿的阳光。

您用您含泪的激情为他们歌唱。

十一　您的笔尖

您把您的激情，您的想象，
您的梦境都溶入您丝滑的笔尖。
那落入白纸上的一行行黑字，
仿佛夜间窗外一层层渐起的黑雾。
透过这迷蒙的黑夜，
您依然看到白天在路上穿梭的人群，
依然能听到他们的话语，
仿佛一面白日的反光镜。
这迷雾般的墨痕记载了他们白日的行动，
也折射出深藏在他们每一个躯壳中的
对生命体反转的轮廓。

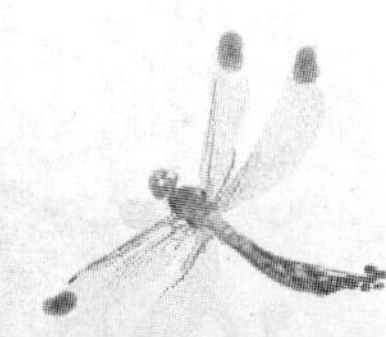

十二　想成为自己

您想成为您自己，

在日复一日的枯燥生活里，

在寒冷凄涩的火车站中。

您始终在找寻您自己。

不是您在浴室中对着镜子看的自己。

那只是您相貌的复制品而已，

除了与您同样的眼眉身躯，

它什么都不是。

您能轻易将它击碎，

或者改变它的形态，

变窄或胖及至扭曲。

您始终在找寻您自己。

十三　将自己解剖

为了能找到躯壳中的另一个您，

您将自己解剖。

用您纤细的思维，您丝滑的叙述，

您将自己解剖。

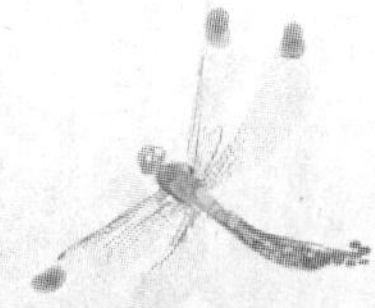

十四　您的博爱

您将自己解剖。

在家里，在旅途中，在工作，在梦中，您将自己解剖。

同时您将平凡的送货员和针线女工解剖，

您发现您和他们的相同和不同。

直到您发现他们和您一样，都有自己的梦想。

于是您放大了您的爱，您有了同上帝一样人人平等博爱的思想。

唯一不同的是您能写作，用写作写您的梦，同时也写了他们的梦。

十五　热爱文字

您热爱您的文字，

您在您途经的路上，在您漫步的沙滩边。

在您路过的荒草敝巷。

在您听到的路人的谈话时，或是看到他们表情中，

您都能刻入您深爱的文字。

这文字，串联出人类最初始的音色。

它平缓优雅，仿佛婴儿语前喃喃的发声。

这是人类最伊始最元真的乐章。

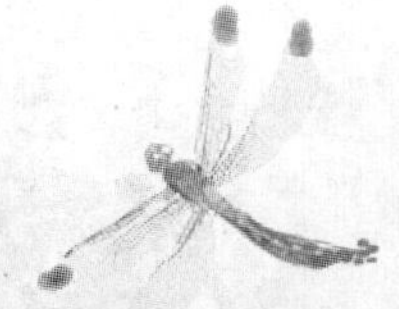

十六　上帝的真相

然而，这没有音节的喃喃之声，却也会使您窒息。

于是，您向心中的上帝求助。

求大地的冥冥之音向您打开一扇通往光明的窗：

“我们活着，而且不只是活着。”

这便是上帝的真相。

第四章　上帝之窗

十七　上帝之窗

透过上帝之窗，您重新审视人们，审视您自己。

您看到了人们自我否定的荒谬，看到您自己无可名状的焦虑。

您在忧郁什么？又是为了谁而忧郁。

但是您却从向您表达良好祝愿的卑微的侍者身上获得了一种真实的令人温馨的人间友情。

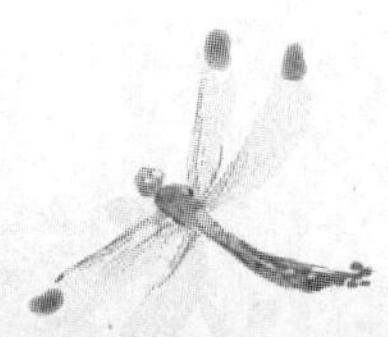

十八　报春花的女子

渐渐地，您发现自己还有的另一只眼睛，一只埋在您心深处，不轻易张开的眼睛。

这只眼睛只在您独自一人走在熟悉的街道，在您不经意注视橱窗里的一幅怀抱报春花的女子的版画时，它突然地张开。

仿佛在对画中女子那双悲哀的眼睛点头遥望，

您这只隐藏的眼却读懂了那个女子眼中所有的悲伤。

这悲伤在您的内心深处渐渐把您摄住，指向那个罩在您灵魂躯壳中的网。

您情不自禁不寒而栗，赶紧从画中跳出，回到只有线条和色彩的世界。

而您却又仿佛失去了什么，在您的心中，在您的躯壳中。

在您生命中，您在逃避，也在错过什么。

十九　命运的情绪

您用您深藏心底的眼可以看到街上行走姑娘内心的悲哀，命运的情绪。

不必特意靠近她们，不必亲耳聆听从她们红唇中吐出的敷衍掩饰的言语，

您只需看到她们那张似乎盛开的妩媚的脸：

您读到的不是花朵盛开的春天，而是她们即将承载的坎坷路上的稻丛荆棘。

那些生命中偶得的瞬间的欢悦也会随一阵突起的狂风暴雨消弭殆尽。

您读着她们，却又看到了躯壳内的自己。

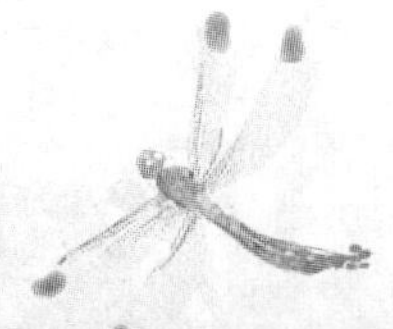

二十　文字和艺术

您如绘的描述的文字和艺术的美，让我读来是多么的陶醉和感动，这是我见过的对艺术美学最细腻至上的文笔。

因之，它触动我每一根神经，同时也唤醒我的绵绵的情绪。

这丝样的一切，我终于了解，还会在另一个人的身上有，或许是在很多喜欢文学艺术的人身上都有。

但又有多少人能如此细致地把它们钩思出来，将其变成一枚精雕的玉琢，展现在我们面前。

第五章　缓缓的细雨

二十一　缓缓的细雨

喜欢您笔下描绘的缓缓的细雨，这细雨在平静的日子浓缩着平凡人所有的思绪。

又如咖啡馆中袅气上升的咖啡热度，它温暖，丝滑忙碌着的人们的神经。

如某个假日，在公园的长椅上休闲的缱绻小眠。

这一切的缓，让生命有了灵魂的色彩和美妙。

我们能听到来自心灵深处敲打的音响。

它让我们享受生命在水雾中真实的美妙。

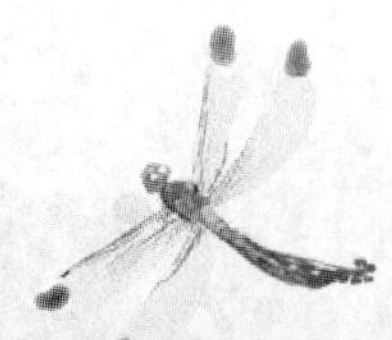

二十二　寒冷的母爱

在这个渐热的初夏，我却感觉到如此的寒冷。

仿佛看到您冰日的泪冷石般落在您母亲丰满的乳房。

不明白为何您用如此的冷度描绘您的双亲。

您把伟大温暖的母爱写成冬日高山的冰雪。

它与温暖遥不可及。

我感到另一个星球带来的寒冷如风。

在即将到来的盛夏。

二十三　空中之乐

空。

这世间一切的空寂在您的笔下有了丰富的色彩。

在您屋后院落的空旷中，我能听到雨水滴落新竹的声响。

在这四野空廖的院落，我能听到爵士乐的鼓噪。

从您的梦中飞跃的山川，河流，停靠的岸边，

您用您巨大的能量来编织您灵魂中的梦境。

这梦境，如花枝，绚艳；如生命，灿烂，

它带给我们对生命纵身一跃的勇气。

这一跃，是去找回灵魂中的另一个生命乐章。

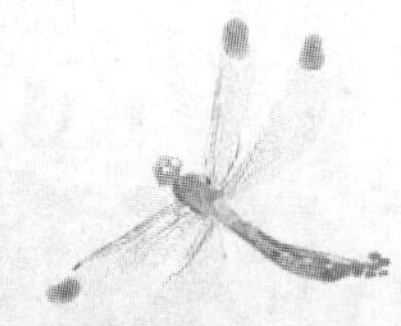

二十四　时光的赶脚

但是您的灵魂永远追不上人类时光的赶脚。

您的灵魂驻停在周围人们平常的举止中，驻足在等候列车的三等车厢的时光中，

驻足在罗密欧与朱丽叶颤抖的爱情，驻足在同事平日嬉笑怒骂的情景中。

您又想与他们一样，成为入群的一俗。

可您却是如此的懦弱，显示出您高傲又真实的自卑，

您有着一个多么真实的人类灵魂。

您羡慕所有人，因为每当您畏缩进您自己灵魂的躯壳中，

您发现您在被世人遗忘。

您说您卑微地活着，像是一件被废弃在角落的碎布。

但是谁又不会最终成为街上的一块被随意遗弃的碎布呢？

在这人间蹉跎的岁月中。

二十五　超自然的力量

您说您有了伟大人物终其一生产生的意识，

在您穿越时空搜寻您真实的记忆真实的自我时。

我不能理解那个意识，因为我的灵魂不够强大，

虽然我能感觉到您超越大自然的力量，在塑造您的灵魂。

我感到似有一只擎天大手将您的灵魂从您的肉体中高高托起，

您借它的眼睛看穿了时光中的一切。

同时您也发现了自己的伟大，您又回到您的梦中。

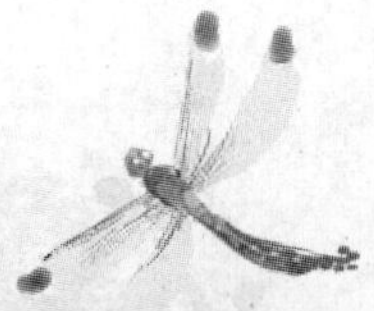

二十六　您描写的死亡

您描写的死亡令人感到温馨又充满力量。

灵魂才是一个生命的真实存在，

而死亡的躯壳不过是灵魂逝华后

生命体自然蜕落的一披骨色的袈衣。

第六章　我们是谁

二十七　我们是谁

你是谁？我是谁？我们又是谁？

这个自从人类诞生之日，或者从亚当和夏娃偷吃禁果的日子开始，

一直困扰每个人生命的问题，却是特别地困扰缠绕您独有的灵魂。

是啊，我们是谁，从哪里来，将要到哪里去，又会成为谁？

我清楚地记得我上小学的时候同样的困惑，我也曾问过自己我是谁？

是否别人也同我一样有与我一样所有的东西。

可是越想，越分不清，只是说着，我，你，他们。

二十八　您笔下的雨

您笔下的雨啊，是那么的轻绵！它淋洒在石砌的年代久远的墙壁上。

而您，背靠着湿漉漉的墙壁，在雨中注目欣赏。

您那绝世的倜傥，忧郁的神情，将世间一切风流打翻。

我爱您眼中不停的雨柱，仿佛您不眠的忧伤。

我多么的陶醉您眼中的雨，它音乐般在我心头响起，唤醒我最深处的缠绵心语。

您笔下的雨带我梦回美丽的桂林、阳朔，那秋雨淅沥的日子，我们在雨中，穿梭。

与桂林的山水相互交错，分不清到底谁是真正的风景。

我们已经融入了山与水，在漓江的一弯一行中，啊，我多想念桂林漓江的雨啊。

当雨歇停，阳光偷洒在我们身上，才恍惚，啊，我又回到了往日，回到了平常。

而在雨中，我只与灵魂做伴。

二十九　触及死亡

哦，我的上帝，您是多么容易地触及到死亡。即便是您还在呼吸，还在工作时。

在道拉雷多斯的大街上，在您每日的枕香中，您可以在随时随地感触死亡，只要您愿意。

您的意识在生存和死亡间自由地穿梭，因为您知道，那些烦人的乏味单调重复的日日夜夜，

都是自己给自己围上的不可挣脱的牢笼，这看不见的牢笼将灵魂带入生命的虚无。

而只有当您每日在晚间独坐的书桌边写下几行字句时，您才从虚无走入生命。

除此而外，您随时可与死亡邂逅。

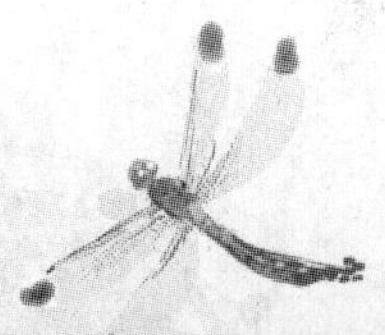

三十　您的疲惫

您也会疲惫，在虚无与生命之间行走，

您困于不能自拔的抽象意识里的境。

您疲倦了，

撒旦开始勾引您，

您觉得您似乎要远离上帝。

三十一 “活着的死亡”

您带着袭来的困意麻木地走在大街上，

您醉意恍惚看着周遭的人和事，

您似乎已经离开人间，

您已经死亡。

一种“活着的死亡”，

您是多么喜欢此状态。

在这个状态里，

时间是停驻的，

而您却是清醒的。

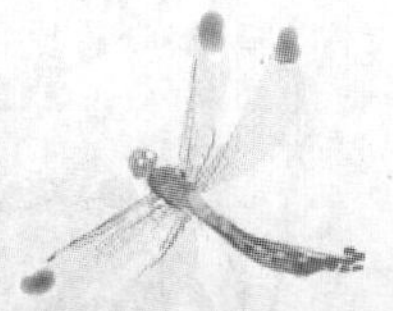

第七章　《拿烟斗的男孩》

三十二　《拿烟斗的男孩》

人间的大师在高处竟然是如此地相似。

您对高贵灵魂的赞美让我联想起毕加索的那幅《拿烟斗的男孩》：

他头戴花冠，身穿一身蓝色长服，眼望前方，

眼睛有着不可捉摸的目光。

他头上的鲜花簇成的花冠多像您描述的高贵的心灵啊，

而小男孩是您笔下的鲜花簇拥的幽暗池塘，

因那不可捉摸的目光。

三十三　“我是我所见的尺码”

孤独彷徨自我否定的您，

终于在卡埃罗的诗句中

找到温暖的港湾——

“我是我所见的尺码”。

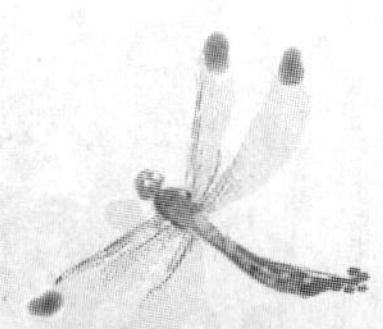

三十四 您的缠绵

其实我喜爱您的文章，更多因您对事物缠绵的描述。

您把您自己慵懒无聊看似荒度的状态，

交给了您路过的街道两旁的树木，

交给您梦中看到的高高的花坛，

交给那个废旧的喷泉，早已坏掉的池塘。

是啊，我爱您笔下万物的状态，

它们给我梦的感觉，美妙、沉熠。

三十五　孤独的裙摆

孤独是您生命的裙摆，

您在它的中央妩媚回旋。

若是有谁随意触碰或者存心扯掉它，

您会在瞬间化为灰烬。

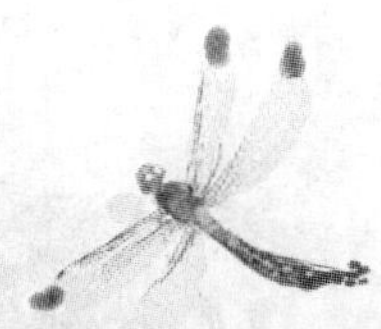

三十六　乡下的黑暗

萤火虫划出了围绕您周围的乡村下夜的黑暗。

这孤独的虫鸣虽然使您从往日都市的单调枯燥中感到一丝生命的气息，但同时也传递了原始粗野的陋迹。

您企盼一种思想的高度，这思想只在人间有。

单纯的草木花枝，空旷的山间野外只是自然界一层薄薄的外衣。

而只有人类高尚的思想和灵魂才会充实繁华似锦的天空、大地、河流。

那条寒冷的塔古斯河，也只有在您的眼，在您的笔下显露忧郁的神情。

更因您的思想，将世间一切神秘噬藏。

三十七　塔古斯河

这冷寂的塔古斯河，终于引来世纪的风。

这风声，从裂隙处刮来，一阵阵，渐渐大起。

它吹开了大门，侵袭着石砌的墙壁。

而随后，像火车的轰鸣，聚集成野兽的嚎鸣。

最终，将古老的城堡摧裂，犹如一场大地的革命。

它将一切古老的东西瞬间毁灭。

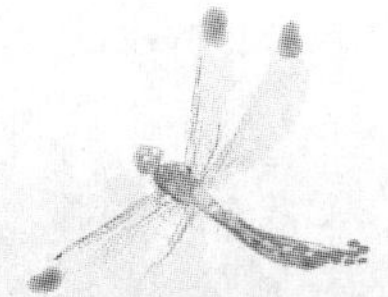

三十八　没有节制的欲望

野兽般的狂风将一切古老的东西毁灭，

敞开了人类欲望的大门。

这没有节制的欲望

将人类最原始的灵魂逐渐侵蚀噬灭。

第八章　一无所有

三十九　一无所有

您出生在遥远的西方，与佛教国度隔海相望的同一地平线上，

但是，您却拥有佛学智慧的眼，通达的灵魂和头脑，

您早已将世间虚伪的一切交付随风流逝的沙。

您知道人类生来一无所附，死后更是一无所有。

是啊，人类最终会是一无所有，

还不如地球上永远流走的沙。

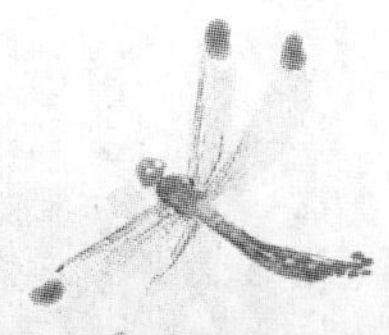

四十　爱上阅读

您狂乱地爱上阅读，

那里有无数您看得见的有思想的灵魂向您呼唤。

它冲破您白日的迷惘，它是您灵魂看得见的彼岸的灯塔。

您狂乱地爱上阅读，您的身躯变得日趋高大，

像是即将加冕的王子，您获得宇宙般神的康健，

您狂乱地爱上阅读，它融化在您的血液，

变成您独具的高尚灵魂的思想者，

您终将成为主宰世间灵魂的王。

四十一　您高尚的思想

您爱您的阅读，品味您的思想，

可是忽略了自己被上天赋予的天然的外貌，

那本是天赐的风流早已被高尚的思想华美地修饰。

可是您独具的慧眼却看穿了自己华表下骷髅的身躯。

您厌恶这如同行尸走肉般动物的躯壳，

厌恶白日这躯壳无目的的、废墟似的在两个火车站之间不停穿梭。

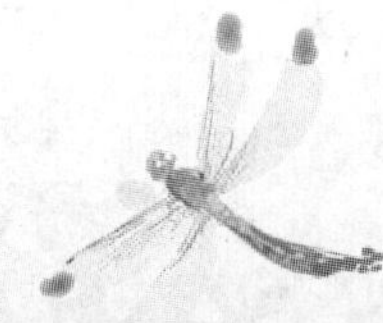

四十二　时光的魂迹

在您每日看似行尸走肉的时光里，

您赋予周围的万物一切有色彩的外衣。

让它们不再是普通的书桌、木头、干巴巴纯物质的事物。

您的木制的书桌，它的斑点、裂缝、以及褪掉的颜色，

都有年轮的痕迹和太阳月亮星星的光，

它们被赋予了时光的魂迹。

四十三　穿越凡人的梦

哦，亲爱的佩索阿先生：

当我满怀热情追溯您的文字，

您的思想，

我却越来越感到我的无力，

我知识的匮乏，

我思想力的有限。

您的所有年轻的梦境，

穿越了人生的高贵，贫贱，

穿越了年轻与衰老。

您穿越每一个平凡卑微人的梦想。

您珍爱、惋惜、

歌颂凡人的梦。

您的灵魂渐渐变得博大高尚。

在您单调的日子里，

您用梦的力量描绘世间的万物，

赋予它们高尚又忧伤的魂灵。

随后，

您进入您枕边的梦，

却看到满地的废墟。

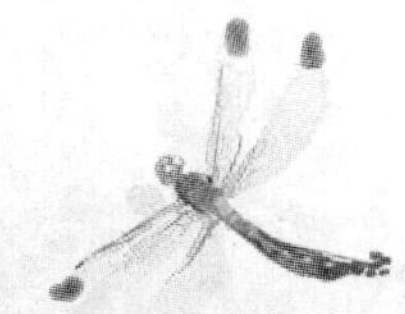

四十四　满地的废墟

那满地的废墟，

是人类用平庸搭建的空壳的塔，

建立在骨肉焚烧后的灰骸上的

幻境。

四十五　生活在阴影里

您说我们生活在阴影里，

这看不见的阴影是鬼魂还是神明。

我似乎没有很明白，

唯一能读懂的是您描述的

“我们”每日的纠结、

不安、疑惑、否定、

自我的迷失，

又盲目的自大和傲视。

四十六　公园里的幕布

您在公园里拉起您眼中的幕布，

您看到人工排列整齐有序的长凳，它使您感到文明牢笼下窒息的空气。

您走在这人造的道路，在痴呆的花木丛中的美景中越来越悲伤。

您看到围在灵魂四周的幽灵的栅栏。

直到夜晚降临，黑暗盖住公园一切的色彩，您才能望向天上的星空。

它关闭了您打开的人间伪饰的幕布。

您幸福地呼吸着，这夜晚美丽自由的空气。

四十七　幻想的帷幕

您关闭了

您幻想的帷幕。

您看见了所有幕布后面

世间一切的

空。

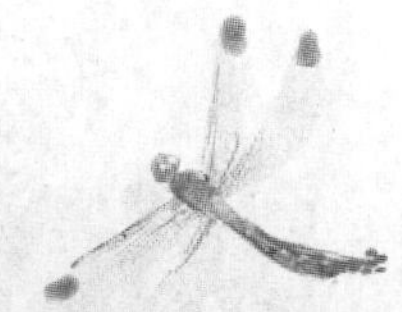

四十八　雨中的坠落

在这些空景后，您预见自己雨中的坠落，如秋在秋雨后的消亡，

您明白您的所有都将化为空。

您走入思考后的迷惘，恍惚文明最后的迷失。

直到您又看到一个卑微平凡的肉体在您眼前掠过，

它提醒您凡人快乐的日夜奔波，没有思维经纬的忙碌，单色的欢乐。

您带着欣喜温爱的心情，重新注目这些每日都在街上行走的人，您有了上帝般垂怜的心情。

您爱这些平凡的人，爱他们最朴实最真挚的纯自然的情感，

悲伤欢痛，不加任何修饰，仿佛纯粹大自然的斧工。

四十九　泄露的情

噢，您爱这些纯粹的泄露的情，

像画家凝视每一个人物泄露的心境。

与画家不同的是，您用您的文字和思考记录这些平凡的瞬间，

在宇宙中定格它们美丽却震撼的力量。

这些，又让我联想起多少幅凡·高的作品啊：

《邮差》、《吃土豆的人》……

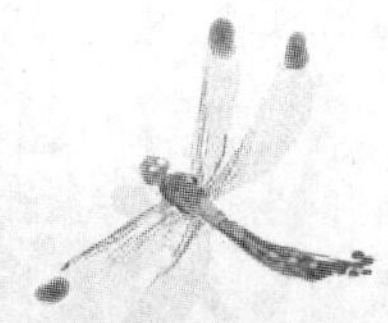

第九章　您文字中的风景

五十　您文字中的风景

世上纵有千般风景，也只能给我们视觉的极限，

而美丽的文字却赐予我们灵魂的空间。

您提到的风景，远不是单一的摄影。

您用文字描绘的一切，风、雨、河流，

给了我美妙的梦的依恋。

您记录您眼前的风景，

我也从您的文字窥测到您灵魂的高深。

五十一　登上人生高地

您登上了自己的人生高地。

虽然您是行走在低洼街道上匆忙的灵与肉，

但是您早已在心中建立起您自己的高地，

这高地，使您看到城市的夜光时，

您能看到大洋彼岸的灯塔，

它向您召唤，同时照亮了整个海的黑暗。

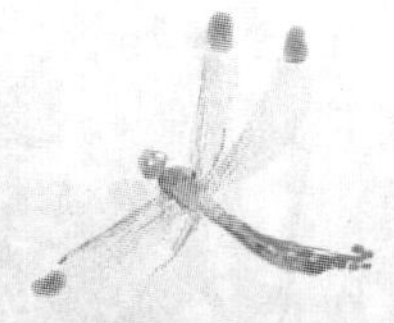

五十二　将自己分裂

这一刻我越来越读不懂您了，佩索阿先生。

我仿佛看见在凄风暴雨里的里斯本，

在黑夜的大街上，您用刀疯狂地劈向袭来的暴雨，

您旋转着，狂舞着，那刀在闪电的照耀下把您自己劈成两半，

您的魂灵从雨中裂变的魂壳中走出，您将自己分裂，

走向另一个恒宇的时空。

五十三　您文字里的安静

您的文字使我感到安静，在这个日夜纷繁嘈杂的

二十一世纪的喧闹都市。

您的文字穿越时空，带着将一切喧哗息音的力量，

带着将一切欲望不安的心火扑灭的神奇，它来到我面前。

即便有厨房里餐具的碰撞声，

客厅里开着的电视，

还有窗边马路叠加的车轮和汽笛声，

我还是能够来到您沉默的世界里，休憩。

您的文字让世间的一切嘈杂息声。

通过它们，我似乎看见您在里斯本的大街上，

一步一步挪动自己的脚步。

您看着周遭的一切，聆听周围的声响。

可是您的思想，您的心却已经飘向

您心中的梦境。

您的恍惚让您沉迷，也使您烦恼。

您用文字记录下一切，

即便只是一瞬间在您脑海显现的云。

您用文字记录，

让瞬间的秒针成为永恒的叹息。

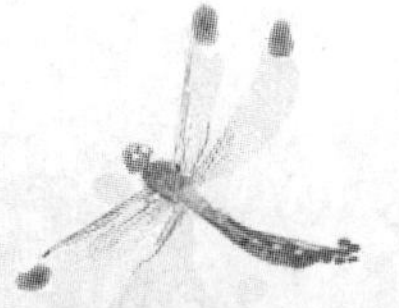

五十四　“我的灵魂厌倦了我的生命”

“我的灵魂厌倦了我的生命”，

这句《约伯纪》的隽语如何切入您空虚的靠胃来感受的生活。

您将如同行尸走肉的日日夜夜，掩埋在如空壳埋葬的废墟里。

您彻底将虚无的人们归于动物。

您用您幻觉后的空来归类肉体最后的空尘。

那么是否人类的思想文明也会终究为空？

我陷入了思索的沼泽。

您逐渐放大的高尚灵魂却越来越拔不出您日益沉重的躯体。

所以您开始厌倦您的生命，

您周围一切的事物。

您用灵魂的力量欲挣脱肉体的罗网，

仿佛用无色的生命撞击有色的物质。

您疲惫了，厌倦了，

但是您的心力您的灵魂却日益强大。

第十章　重拾生命的感知

五十五　重拾生命的感知

上帝感觉到了您的疲倦。

一股街角的微风重唤醒您的节奏，

您感到自然的抚慰，亲情般的眷顾，像儿时母亲的唇。

您重新拾起生命的感知，虽然微风过后，

周围什么都没有改变，只是您变得更加从容。

在白日的奴者和夜晚的自由之间，

您更加灵活地变换着灵魂和肉体分别感知的星空。

在与形形色色的人群相处中，

在夜晚独处时飞出躯壳的另一个自我中。

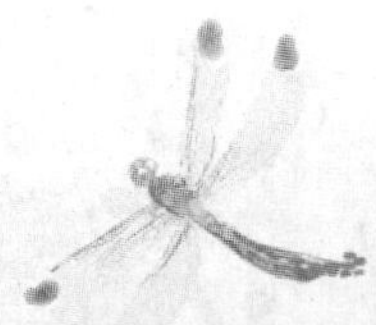

五十六　没有灵魂的作品

我真的很感谢这本书的译者，虽然我读到您的作品是翻译过来的伟大的汉文，

但这丝毫不影响我感知您在母语写作时的精工细作，

每一个符号，每一个标点都是对心灵完美的阐释。

您不能接受没有灵魂的作品，即便它有华美的外饰，

您依然看到文字里空壳的魂灵。

五十七　被人敷上的漆

您的周围满是以上帝名义行事的人。

但您却从他们公式化的一切看到了形而上学的造作，

看到了盲目的跟随和机械。

您不愿接受强给您的一切，无论信仰、还是科学。

您看到附在它们外衣上人类的愚痴覆盖的尘灰，

您看到由于人类愚钝盲目的跟随，掩盖了信仰和科学的真实之光。

您拒绝试图强加给您的一切，

只因您有着强大的思想和纯粹的心，

您要用真实的情感和智慧获得信仰，感悟上帝。

不愿只做被人敷上的一层漆。

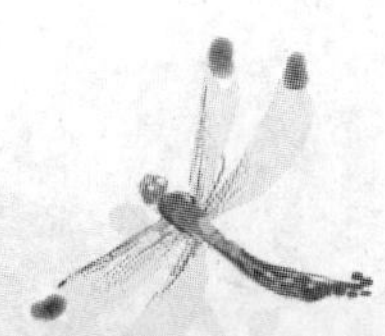

五十八　您想重回童年

您说您想重回童年。

可是在我的眼里，

您的童年也能叫做童年吗？

那里我只读到您对保姆的依恋和您躲在墙角里的哭泣，

这个也能叫做童年吗？

为什么没有鲜花、玩伴、无忌，

没有在幼儿园里我们儿时来回奔跑的圈地。

没有男孩自发的打斗，

女孩争玩的布偶，

没有童年最该有的欢笑。

只剩下一间空落的房间和一堆您刚对语过的

呆呆不动的玩具。

这也叫童年吗？

对不起，我实在太残酷。

似乎听到您不停的暗暗哭泣，

您划着泪水踱到老保姆的床铺，

只为得到一丝肉体温柔的触摸。

这样的童年，

您怎会又想重回过去。

五十九　您的背影是我思考的岩石

您对沉思的描述让我想起了米开朗基罗伟大的雕塑《思想者》，

它凝固了爱思考的人具备的伟大力量。

真正的思想者的力量，是穿越时空的恒星。

您说："这就是为什么爱沉思的人即使不离开村庄，也能将整个宇宙了然于心的原因。

细胞中蕴含着无穷小，沙漠中包含了无穷大。

一个背靠岩石而眠的人，那里就是整个宇宙。"

哦，尊敬的佩索阿先生，您的背影就是我思考的岩石。

您日趋博大的灵魂使您在清晨的房间里一睁眼，

就看到日出升起的海面，

您早已在内心把世间万物相联。

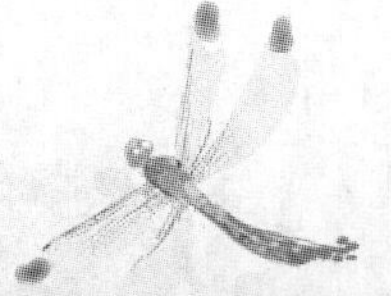

六十　您肉体的萎缩

随着您灵魂的愈加放大，您却感觉到肉体的萎缩，

您与周围个体的距离，自己身体器官的衰竭。

但您却感觉和上帝越来越近。

啊，人，有思想的人，更有崇高境界的人在这个世上是何等的孤独。

您是上帝的粗笔，被特意划落人间，

只为点醒日渐腐烂愚昧的尘人，世间还有一种奇幻的梦境。

在那里，是一个叫“灵魂”的事物的居所。

在那里，疲劳的肉体可以得到暂时的解脱和追梦的心。

六十一　您神化的肉体

在更孤独的梦境，在更深的内心，

您通过您眼中的事物将自己解剖。

变成光的缕线，化成飘飞的落叶。

古老的大门，

月光下蜿蜒的拱廊。

您的肉体已经神化，

任凭您思想的主宰，

在空气中变成无形的躯体，

成为各种您想成为的自己。

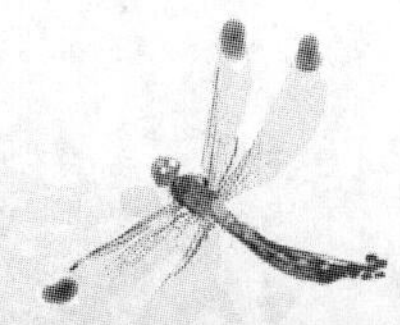

第十一章　新生命的感知

六十二　新生命的感知

从没想到，在您近乎绝望于您的孤独，即将自我分裂之际，

您神化的肉体重新呼唤您自己感官时，您赋予了自己新的生命感知。

如重生般看着海边升起的朝阳，您呐喊似地爱着它灿烂的霞光。

那平日傍晚时映在对面高楼的一抹夕阳，您也赋予了孩童的欣喜和好奇。

您奇怪着自己的变化，更喜悦着您自己的变化。

那平日里妇人墙角边低声无止的絮叨，那总能使您自我屏蔽的街景，

您居然怀着无比的喜悦欣赏了。

您神化的躯体让您朴素卑贱的生命体有了诗化的感知。

那从痴呆老妇口中流下的口水，您将它们幻化成了生命最后欢乐的乐章。

您从虚幻的梦境走入真实，您将博爱无尽延伸，

在世间任何一个黑暗的落角。

六十三　做梦的力量

从此，您更从容地穿梭在贤者的现实和梦境中。

您做梦的力量带您穿越战场，投入您厌恶的战争。

您的魂灵在生命和死亡中自由穿梭。

当清晨醒来，您看到第一缕阳光，听到第一班有轨电车的声响，

您升华的肉体感官多想献上您的吻，

在那狭窄破旧的街道，在那些已有渍痕却逐渐明亮的百叶窗上。

您今日的清晨，是您肢体回归的墨痕。

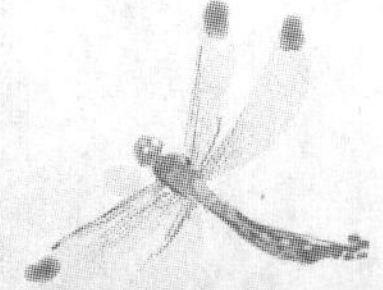

六十四　没有过去和未来

您说您没有过去和未来，它们对您毫无意义。

您只活在当下您深深的意识里，您周遭事物的感官中，

树的剪影，水的落声，才是您搁放灵魂的居所。

对于它，您用写作证明您的存在，用文字记录您的情绪，

在宁静的夜，在您的窗前，

在您多想留住这美丽的夜，

您用文字将他们永久的定格，在您的血液中。

您记录它们，是因为它们终将逝去。

但当更深的黑强灌进街道，好似世界末日对生命的终极覆盖。

您的心重又开始不安的跳动。

第十二章　您不安的心跳

六十五　您不安的心跳

您不安的心开始跳动，不为您自己，是为您在梦中看到的人类在虚幻中的种种堕落，

为上帝创造的人类终将面临的深渊和灾难不安。

您的心开始跳动，只为希望人们了解什么是真正的生活。

遏制住人类欲望的洪流，冷却男人和女人淫欲的篝火。

您为黑暗渐深的大地开始不安。

您说生活是我们自己想象的样子，

可是或许现在我们都已不知如何去想象，我们是去想要。

要大别墅，要豪华轿车，要泳池，公馆，要名要利，在这个物欲横流，欲望无限扩张的二十一世纪，

生活是想要的样子，在人类欲望无限放大和地球资源无节制的萎缩之间，生活是想要的样子。

唯独不想要的，是人类的灵魂。

它早已被欲望挤压在人类看不见的空气中。

想要却得不到，魔鬼在人类欲望的驱使下转化为命运的癌。

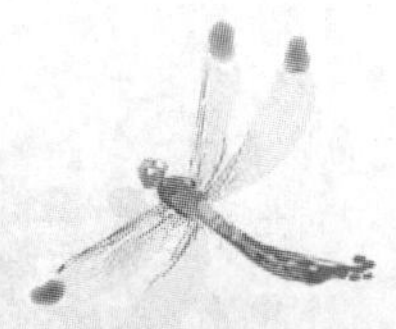

如果人类不愿救赎自己，那么这欲望的癌终将人类的肉体魔化，它叠加成张牙嗜血的鬼，像创世纪时的大洪水将自己湮没。

您那智慧的眼早已穿越了您身后百年的光阴，您用灵魂的眼窥测到百年后魔鬼的体躯。

您的心早已躁动不安。在浪漫主义的躯壳下，男人和女人彼此欲望下的媾和最终敲响世界末日的丧钟，

为亚当和夏娃的原罪划上天罚的记号，您的心早已躁动不安。

然而您怜惜您眼前活生生的生命，希望一场暴风骤雨浇灭您穿越的视空，更希望它浇灭人间已燃起的自我毁灭的欲火。

您更想用梦的力量让人了解真正伟大灵魂的力量，它超越身躯而神化肉体，最终让人类从自我焚烧的欲火中救赎。

六十六　重新审视生活

您从神化的感官重新审视生活，看待情爱，将世间万物分析解剖，用您智慧的眼。

您勾勒的爱情，是躯体脱离灵魂的纯动物的野合。

您眼里的写作，是另一种逃离，在现实的世界。

您的美的哲学，是一次次用思想雕塑自己灵魂的丰碑。

说实话，有时我觉得您太过自闭，在自己给自己打桩的铁栏里，

带着笑孽的心态冷看着人间，庆幸自己虚幻的桃源。

可是细一想，哪个凡人没有如此的篱笆和桩，嘲笑着他人，侥幸着自己，在鬼窟中麻醉自己的肉体。

但当自我矛盾的您真正看到那些被嘲弄的人的苦楚，您的怜悯和愤怒又会喷薄而出。

您是一个鲜活的矛盾的生命体，每一次自我矛盾的纠缠只会使您更加凿固您自我雕刻的灵魂。

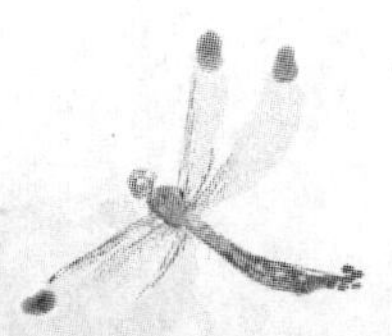

六十七　旅行

当今的世界，旅行早已是世界不可缺少的经济大餐。世界上的任何角落挖空心思竭尽所能把自己打造成可吸引八方世界的金船。受到鼓吹的人们越来越痴迷于走遍全球的梦想。有条件的父母尽可能在孩子成人前就带着他们走遍世界，旅游在某种意义上已成为生活奢侈的炫耀。

我也走过了很多地方，不管是国内还是国外，无论是文化还是风景。

诚然，旅游能带我们暂时跨出常规工作生活的圈，好似一种对平常有些厌烦的日子的剥离，但每次无论从哪个地方回来，只要一出北京机场走在驶向市区的机场高速上，我都会觉得还是北京好。还是家好。

随着年纪的增长和更多的旅游经历，能够吸引我去的地方越来越少，在我眼里世界雷同的风景建筑越来越多。

经常，静静的读篇美文或者欣赏一幅图片更能给我灵魂的冲击和心灵的呼吸。

地方再美，不过是一群人白天黑夜聚集的地方，

建筑再辉煌，故事却在它背后记载的风雨篇章。

最美的风景并不是摄影师镜头下超精准的照片，

而是用心灵感知的印记；最美的故事未必是高山河流下激情迸响的华章，

而是老母亲熟捻佛珠下岁月的手印。

仰望天空，不如亲吻身边新生的嫩草，

行走天际，不如抚平茶室温馨的小憩。

或许走得越远，灵魂就离我们越远。

第十三章　“生活并不重要”

六十八　“生活并不重要”

“生活并不重要，仅仅去感觉就已足够。”

这看似冷漠的话语，颠覆了多少人生命欲望的痴梦。

时光如流水，无论什么样的生活，高低，贵贱，都有生命终结的一刻。

在死亡即将到来的一刻，也是一切幻梦结束的时刻。

我们带不走的流年，将过往终结为空。

而您，早已看到空后的幻象，在每一个场景中，在每一张笑脸后。

您被上帝嵌入了灵魂之眼，也唯有上帝是您躁动心魂躲避的平静港湾。

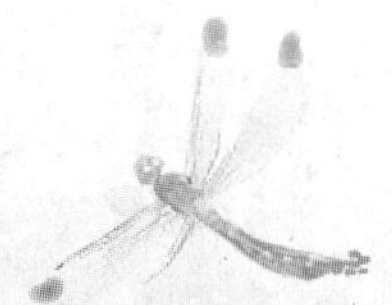

六十九　您在被他人嘲笑

您的一切让周围人远离您，不理解您，

他们或许在私下嘲笑挖苦您。

但您并不因此烦恼，愤怒。

您向往世上高尚的魂灵，

他们也曾被世俗剥离抛弃，却最终

被上帝收藏。

七十　您的灵魂之眼

您用灵魂之眼在您孤独寂寞的日日夜夜想象您的命运，

过去，正在发生，即将发生的每一刻。

您随意勾勒想象着生活的画面。

偶尔，您随手拾起桌上的便签，随便记下脑中掠过的文字。

您想不到，这些便签上随意流淌的文字却是您生命中结下的颗颗闪亮的金珠，

它们是您与上帝一瞬间的碰触，如流星在夜空的闪烁。

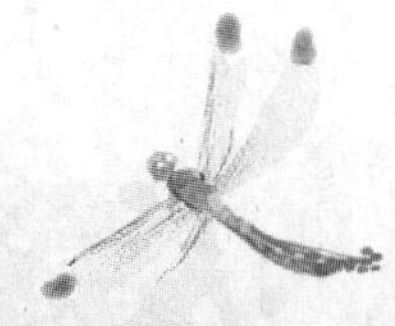

七十一　您肉身的疲惫

然而，肉身的躯体总会疲惫，无论您在攀登什么样的山峰，欣赏什么角度的风景，器官的展度总有极限的疲倦。更何况您想蜕掉转世的肉体。

您终于疲倦，在虚幻与现实切换的思维空间，在梦境与工作现实的冲突中，在您灵魂和肉体交错的转换中，您终于疲倦。

休息下吧，让思想放空。

既然一切终将成空，过劳的思索也会是一场徒劳的奔波。

休息下吧，让身边的落雨重新滑落您的心底，这绵绵的雨，让您找回生命最初的根。

这就是生活，有雨，也有情，有白昼也有黑夜，如同您的泪，您的梦，您的奔波，您的休憩。

雨终会停，如同您眼中的生命，终会灭亡。

可我还是喜爱您笔下的雨，落落、缠绵，像一首首诗歌，在我心中划过。

第十四章　您梦的力量

七十二　您梦的力量

您梦的力量，在我看来，早已超过弗洛伊德关于个体梦境的阐释，它不是回忆，不是回放，不是潜意识的挖掘，更不是宿命的勾勒。

您的梦的力量，让我在想象的空中，用思维的手臂在无色的天空拉起一帘隐形的幕布。

在这个帷幕里，过去，现在，未来的生灵一起在里面出现，

它们在一起做着游戏，像幽灵的光体，在帷幕中跳来窜去。

每一个精灵都承载着您梦想中的故事，

您是这些精灵幕后的王。

它们只因您而浮现，您与它们在第七维的时空中相逢。

这就是您梦的力量。

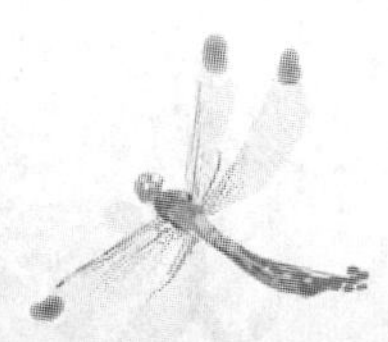

七十三　弥撒的乐曲

弥撒的乐曲，掀动起神父黑色的长袍，您看到母亲的脸庞在长袍中浮现，她越来越清晰，唤起您仅有的温感的记忆；

您的泪水终于滚动，湿润您思索的神经。

这温柔的弥撒，那些匆忙的脚步，在教堂门口进进出出的信徒，您看到每一张脸上刻画的冰霜，最终被母亲的眼泪收藏。

您回复着生命初始的欢跃，无忧的童年，那是子宫中婴儿蠢蠢的欲动，无知的光阴。

您想回到生命初始的时光，这温柔的弥撒吹散您肉体的孤独。

您仿佛在空中看到神父由风而起的黑色长袍，在您的头上空盘旋。

七十四　生命的虹

愈加繁杂的物质生活，加速人与人之间贫穷与富有的对比，增加成功和失败之间的人生对照。

希望自己的拥有，害怕自己的失落，是每一个凡夫俗子的追求。

然而在人类自己塑造的虚幻的塔，多少人在攀爬中滑落，撒手，甚至跌入无底的谷。

在富有贫穷成功失败间，多少人迷失了自我，沉沦于失败自卑的轴，不能自拔。

还未开启自我灵魂的寻觅，更多的人却走向了自闭的潮流。

我也曾经对自己的人生有浮萍的迷惑，一无所有的失落。

然而我却通过您智慧的眼，您博大的思想，美丽的文笔，终于领悟到：

人生不过是每个人用他的手臂用力划出的一道虹。

象中国古老哲学里的道家崇尚自然的思想，

人生是每一个生命体用它原生而自然的宇宙之力喷薄出的一道彩虹。

那七色的光环是每一个生命的光蓝，这道蓝，

就是在肉体焚烧后从躯壳中释放的魂魄的颜色。

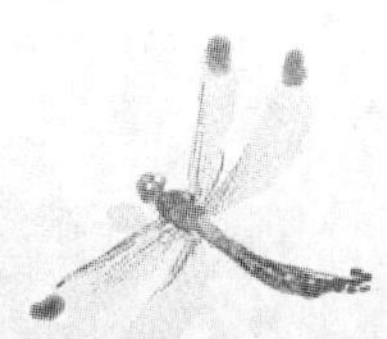

七十五　您的人生之虹

您，伟大的佩索阿先生，您这脱离凡尘的上帝之子，
您的人生之虹早已是远离财富追求的世俗，
您的人生之虹载有上帝灵光的赋予，
它是您对人类精神向往的宗教似的救赎。
这道光，这拱虹，必将永恒照耀贪迷的人类，
为他们开启另一束生命之光。

七十六　放弃追问

您在孤独的夜在沉思中将人类解剖，从过去，到未来，从躯体，到意识。

在您看来，大多数的人只是半人半兽的未完化的，在有意识和无意识之间彷徨徘徊的，没有开悟的各色低等的冥灵。

您有时真的好残酷，您对那个农夫的描写，如猫和狗的生活，按着时光循规蹈矩的生活，没有思想意识的生存。

那么意识又是什么呢，人无论来到任何国度，在任何社会制度下，它都无可选择地卷入当下社会制度的轮，在刚刚落地的时刻。

像是那唧唧的水车，生命在水车中被卷起或抛弃，有哪个凡人的力量能够脱离命运的滚辙。

有的时候越是疑问，越寻不到答案，越是疑惑，便愈加困惑。

找不到答案，却绑架了自我。

当我们问知生命，却忽略了窗旁的月光，

血液的呼吸，生而被赐的亲情。

放弃追问吧，如果它们已经远离生命自然本身，

因为您要找寻的答案是在永恒的宇宙中。

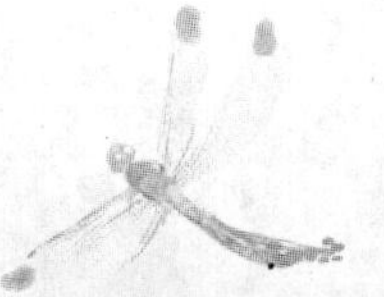

第十五章　您眼中的夜色之美

七十七　您眼中的夜色之美

哦，您眼中的夜色之美啊！我能看到，通过那些您留下的文字，我能享受到。

那随风而起被晾晒的夏衣的撩响，那拉起百叶窗时月光洒落屋中的一瞬。

您眼中的夜色啊，是群星在夜空中伊甸园的舞动，是天空和海洋爱情的交汇。

这夜的诗篇，把黑暗全部收藏，变成雨后彩虹的妩媚。徜徉在您眼中的夜色，我与星空有了一场零距离的触碰。

您夜的诗篇，带我到辽阔的海边，我光着脚踩在细软的白色沙粒中，陪伴我的是闪闪发光的贝壳，和在银色月光的海夜。

哦，我竟然也能和您一样在夜色中徜徉，这无边的夜啊，是我们温柔的梦乡。

七十八　您听得懂风的语言

您说写作是您的白日梦，您孤闭的生活却让您和大自然亲切的接触。

您听得懂风的语言，高山的旋律。

您感官的语言像封闭的死海，您的灵魂却超越了躯体的维度，

向四面八方的空中延展。

您让我联想起多少伟大的大师，他们在封闭的死海中艰难地行进，

只为去触摸上帝眼中的光环。

哪个肉体能够经受孤独的煎熬，

唯有博大坚定的信仰才能扬起孤独的长帆。

生活是一道道划破肉体的刀痕，声色是时间麻痹的鸦片。

人活着，或沉沦，或超生。

死神是接纳肉体最后的温床。

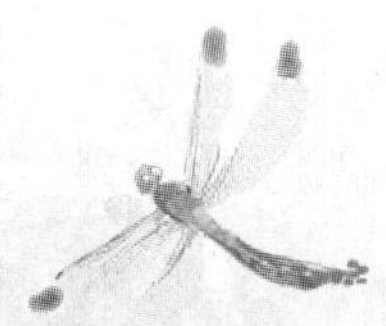

七十九　性感的光体

您说如雪莱一样，您爱时间出现以前的纯粹的女人。

那是什么呢？

是性感的光体吗。

我在想。

是您的女神，是大地原始的骚动，纯粹却光明。

我感觉我离现实越来越远，

在您的文字里，我也要迷失了我自己。

八十　伟大的人物

您说命运迟早会终结焦虑的天启，您让我想起无忧无虑是一件多么惬意的心境。

时间像流水，终会带走一切的悲伤、欢笑，大自然是艺术的杰作。

但是老天总要惩罚敏感多愁的神经，因为它们总要挑衅自然的旋律。

宇宙是神与鬼交错结合的产物，出生的孩子是神系的光体，死亡却是神鬼分别的召唤。

人的自我焦虑是通向地狱的阶梯，无忧无虑，才是宇宙初始的笔迹。

我们都是在路上，无论从神到鬼，还是鬼转为神。

死亡都是暂时，生命体的转换才是永恒。

伟大的人物是神与鬼亿万次交错结合转换后，宇宙自然萃取的如恒星般的结晶体。

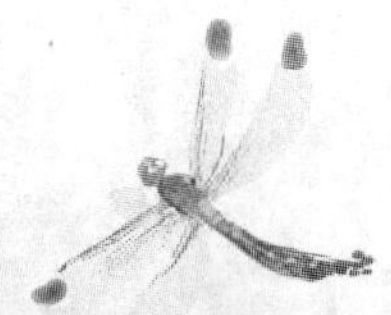

第十六章　观念的革命

八十一　观念的革命

您对革命的消极的情绪和观点，乍看摧毁多少革命的激情，您看到的经过革命后依然同革命前一样的社会生活的情境。

所以您认为革命的行动是荒谬，最重要的是观念的革命。

有时候，我真的认为您是一个人类社会冷眼的旁观者，一个并不具有血肉感的住在地球上的莫名的晶体。

您独有的晶体的眼看到了围绕玩偶全身的傀儡的缰绳，您看到了上帝和大自然联手打造的人间戏剧的帷幕。

您是他们手中疏忽掉落的一块晶体，落入上帝和大自然共同拽扯的地球平台上的众玩偶中。

您的晶体的棱，日夜在众玩偶的身边切过，所以您经常会冷血似的看着周遭的一切，人、事。

您和这些玩偶交错，带着冰体般的躯体，如同您看似冰酷的脸。

同时，您晶亮的棱带给您耸塔般对世俗的蔑视和无惧的心；您站在塔尖冷漠着看着世俗的不愉快的场景。

您嘲笑着它们，您认为那是对生命荒谬的无知。

八十二　王冠的梦

您用王的圣冠装饰普通人的梦想，

您让普通人看到自己梦中王妃才有的丝滑的缎带。

您将梦想放置最高的殿堂。

因您，我不再胆怯自己的梦想和渴望。

我懂得了，会做梦，做自己心中的梦，

是一件多么深奥而美妙的感受。

八十三　原地踏步

在上帝和大地共同打造的人间帷幕里，在您和众玩偶时而交错的棱镜中。

人间的喧闹和嘈杂被吸纳掩盖，您用棱角的分明切割人类的行动。

您将他们日复一日的劳作简约地记录，更简单地归纳。

由此我联想起学生时代看过的《日出》，陈白露身穿旗袍在铁轨边重复踏着脚步，

我至今疑惑为什么她不往前走，而只是在原地踏步。

不过到目前我也未读过《日出》原著，不能理解作者真实意图。但那个画面我却有了新的解释，一种貌似消极的生命的诠释。

在人类一切的喧嚣声响被屏蔽后，当每天的日出星辰被定格后，人们的日复一日的劳作被抽象为简单的图案。

站立，行走，坐卧，睁眼，闭眼，劳作，休息。

这简单的线条拉低了人存在的社会的价值，可也仿佛带给我们一个离奇却有深意的人类灵魂的画面。

它给了我们照见自己的另一面镜子：

人类不过如此而已。

八十四　人类不过如此而以

人类不过如此而已，在群居的空间向往孤独的逃避。

人类不过如此而已，在想象的世界编织所谓的梦境。

人类不过如此而已，用自己的步履走完生命纠结的网。

人类不过如此而已，还未明白生命的真谛，却已经被死亡召唤。

人类不过如此而已，骨骸的灰烬敌不过文纸印刷的墨痕。

人类不过如此而已。

但人类依然渴望生命，期待永恒的奇迹，

只要我们还能睁开眼，能看到暮色后的斑斓。

这是生命的旋律，它让魔鬼的幽灵在我们身边被彻底屏蔽。

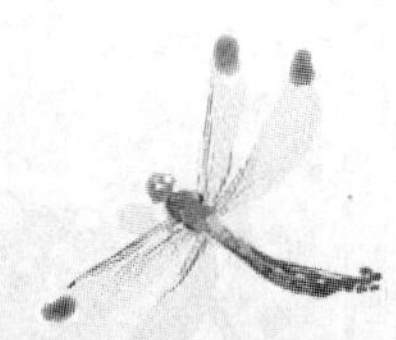

第十七章　人生的游戏

八十五　人生的游戏

有时人生是一场自我戏虐的游戏。

青少年时我们追求的一切，

随着时光的流逝转眼成为虚无。

为什么造物主不给我们多十年的青春，

当我们即将伸手触摸到追求的理想、梦幻，

却发现躯体已被夺走了大半。

生命开始向另一个方向行进——死亡的墓穴。

生命的细胞逐渐剥离，

那些曾经灿烂的文字已变得毫无意义。

八十六　涅槃后的黎明

您思维的力量让您在想象的墓穴中涅槃。

当新一天的阳光泻洒到昨天单调枯燥的街道，

您却如雨后久违的彩虹，用心重新照亮整个视界。

仿佛大病初愈后的黎明。

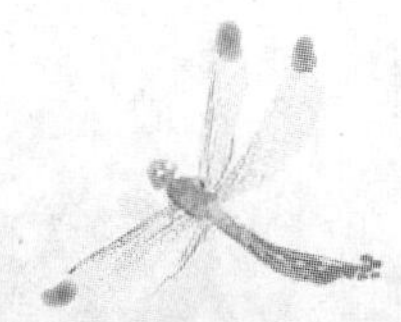

八十七　单调的光阴

因而，您再次回顾您平日周围生命个体的单调，同一间咖啡屋。

二十多年不变的侍者，不变的笑容，不变的咖啡味道。

每天的日出日落同侍者一样的单调中，却划出了年轮的光阴。

您看到流线体的生命，在每日的睁眼和闭眼之间螺旋的延伸，

就是这样，日出，日落，年少，青春，出生，死亡，

一个生命体内的全部细胞完成它的生命的旅程。

这诗意的线条重新把您带回普通人平淡无奇的月光中。

因而，您爱他们爱得比周围的人更加真诚。

因为您在爱着普通人身上貌似愚钝却如泥土滚裹着的生命之光。

八十八　二十年不变的侍者

您重新读者侍者二十年不变的笑脸，似乎看到了他二十年为自己，

为家庭，为孩子辛苦却快乐编织的梦境，看到了他的梦。

您想象着他生命里平凡的梦，为妻子，为孩子，为家庭。

他也是他梦中的王者，享受着编织的快乐。

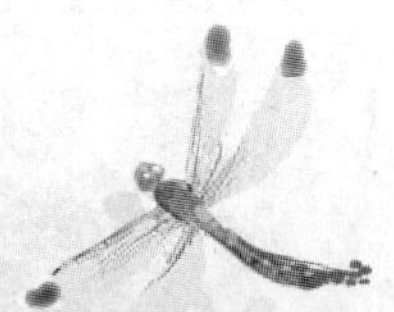

八十九 您终于失眠

哦，爱做梦的您，终于失眠。

您却走入更深的梦境。

您走入更深的梦境，却遇见了自己灵魂的出走。

像个幽灵，在白日熟悉的街道移动穿梭。

在深黑的夜，却翻卷着白日的浪，一幕幕，一落落。

而您却觉得非常冷清孤独，您害怕地在树林中蜷缩，

像躲避黑夜的扫描，您再次孤独地将自己涂黑。

九十　您的信仰更加坚定

您愈发觉得冷清孤独，

在对神的信仰被凡性遮蔽，被长辈残忍抛弃的年代。

您在信仰和背叛两条不可交叉的平行线中游离，愈加孤独。

各种新奇的理论像搓衣板蹂躏您思维的神经，

却让您更加坚定对神的依恋，它就像无限的网，

随着人类思维的扩展，伸展到更广阔深奥的星际。

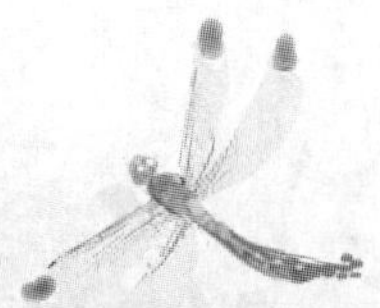

第十八章　死亡和新生

九十一　死亡和新生

在您的笔下，死亡和新生被赋予新的感知。

它不再是具象的肉体的存在与消失，而是思维意识在白天和夜晚梦境中的构换。

当夜晚降临，我们闭上双眼，白日的一切变为一个被帷幕关闭的幻觉，我们进入下一个真实。

一个潜藏在心底意识下灵魂的真实，好似躯体从肉体转入另一个结构的壳。

当夜晚消尽，肉体的黎明重新开启，我们又回到白日的幕镜。

在这样的切换中，越来越分不清哪个是真，哪个是虚无。

我眼前浮现出一个小女孩模样的布偶，她穿着漂亮的花裙，眼睛一眨一闭，机械地在手中不停反复地研着盘中的磨。

只是，在眼睛的一眨一闭间，盘中的墨汁也在一滴一滴中流淌。恰如我们的生命，在一梦一醒间消亡。

九十二　脆弱

您说，在脆弱中，人类发挥了想象的本能，在心中造出伟大的神。

把一切生命的脆弱，苦楚的迷茫交付给想象中伟大的力量。

把一切对生命的恐惧和轮回再生的希望托付给自我臆造的神灵。

在读懂您的这一刻，我感受到黑暗大地涌动的沉默的力量，

它深深定格住我，我也获得了穿越时空的能。

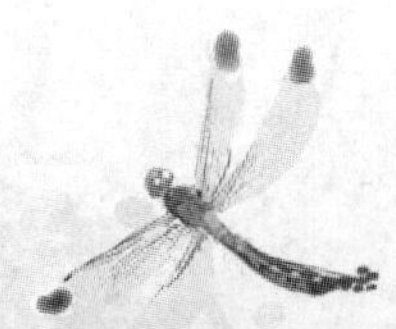

九十三　穿越时空

同您一样，载着穿越时空的能，我看到了多年后如您回顾以往看似平淡枯燥百无聊赖的日夜：

我感觉或许在脱离苦海获得宽裕自由的某一天，我回顾往昔苦楚艰涩的日子，却发现一种久违却企盼的安全，生命的安全。

这预言般的感知让我重新定格今日生存的维度，重新投入尘世的网格，那平日扰人的粉末杂音，我用超时空的眼重新阅读。

九十四　读书与翻书

看您的“读书与翻书”，我想起我中学时读到诗词的场景。

我喜欢词，我经常停留在某个字点，或许那才是整个文章的魂。我如痴地停在那里，细细嚼味它的境。

您的文字带我进入您读书时的境：

那种随着您喜欢的文章的节奏，步履，您的灵魂渐渐移出您的身躯，它进入到文字中跳跃，最终跳动到作者的躯壳。

您打通了您和作者相隔的时空，您也获得他生活一切的体验。

是啊，这才是真正的读书，通过文字，沟通相似的魂灵。

在茫茫宇宙中，像是光的密钥，您与作者相通。

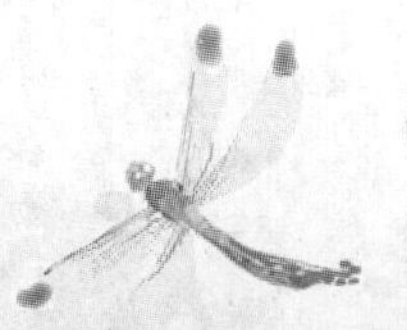

第十九章　休憩

九十五　休憩

哦，梦做得多了，

人也会疲劳，

或许比白日的忙碌更催人老。

那么歇歇吧，

让思维关上闸门。

将自然的五官重启，

来一场喷泉下的沐浴。

九十六　暴风雨来临前

您对暴风雨来临前的描写，

让我重温风雨将袭的景象。

那随风而来的天墨，在空中任意挥洒。

像上帝纵情的随笔。

“雨从那边下起来的。”

同事莫雷拉平静的声音干扰了雨前一切的宁静，

也拨动了您忧伤的心弦。

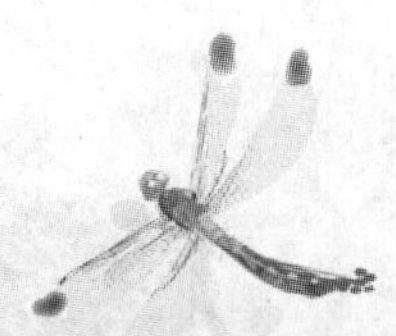

九十七　暴风雨过后

暴风雨过后，一切重回宁静，

您脆弱的忧伤又划入雨后的秋。

那往年黄金灿灿的令人陶醉的秋况，

在您今日年轮叠加的眼里变成老人预感生命将近时，

身体突然的钝痛。

那飘落的树叶仿佛老者无力下垂的双臂，

那树枯后的景象就是他们不再昂起的头颅。

哦，我也是有了许多年轮的人，

能深深理解您那突颓的忧伤。

更何况，是在 2016 这一年的秋天，

在繁盛的夏后必来的秋夜。

九十八　可怕的夜

这可怕的夜啊，不再有美丽的月光。

犹如看见自己的鬼魂在身旁萦绕，加深这夜的黑。

您恐惧地蜷缩在心灵的一角，害怕被鬼魂摄取。

您还有未完成的神的使命，要去找寻命运的光明。

但夜的黑衣却仿佛一面照见您卑微灵魂的镜子，

您看到自己卑微的一生，

被嘲弄的命运。

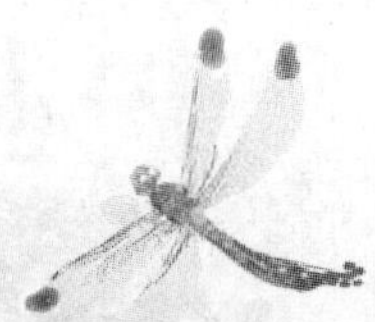

九十九　思考中的毁灭

您无时无刻不濒临思考下的毁灭，

您在平凡常规的日子中纠结的宿命，

仿佛修行者给自己套上的自虐的枷锁，

您沉溺在重复如太阳星星的日出的劳作日落的睡眠中，

将相同步伐定格在每一刻不变的钟点。

仿佛列宁在书房那条被踩踏的地毯的足印，

您在家园和工作室间留下时间的烙印。

偶尔的新奇，是在这些时刻的足印中

偶尔闯入的一只迷路的小猫，

它毫无征兆地闯入有时间刻度的轨道，

那是它迷失了自己的方向，

却带给您意外的惊喜。

第二十章　寂静的夜

一百　寂静的夜

寂静的夜，映出无眠的您孤独的哀伤。

您精灵的视角却带您穿越世纪的轮回。

被逼仄的寂寞啊，在周遭的封闭苦涩中跳出，

来寻找来世的慰聊。

我想借助光年的时空，传递理解的音符，

在读您的作品欣赏美丽的文字时，

来倾听您今夜孤伤的呓语。

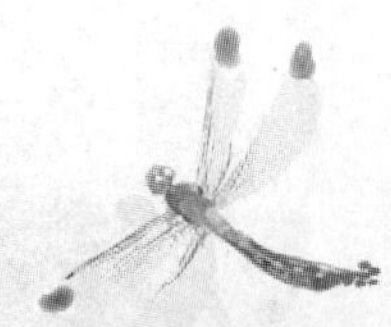

一百零一　“我是自己的旁观者”

我掉了眼泪，在读您的“我是自己的旁观者”这一篇中，
我的眼眶盈润出了泪花。

我也是自己的旁观者。
在每日的辛劳后，
白日的一切化做了黑白的景象。
我却成为镜像外的观众。
仿佛一场演出的谢幕，
我成为白日镜中反转的身躯。
可是谁又不是自己的旁观者呢。
我们演出，我们落幕，我们回眸。
只是我们是命运选择的角色，
不曾知道角色最终的结局，
我们就已经被放置在戏幕中。

一百零二　虚幻

如此，到底何为真实，孰是虚幻。

一切存在终成虚幻，

像死后焚烧的骨骸，化为灰烬。

思考者如是，忙碌奔波者如是，

不管富有，贫穷，无论苦涩，幸福。

当幕布合拢，血肉的角色最终谢幕，

它的身躯转化为冷酷的镜面。

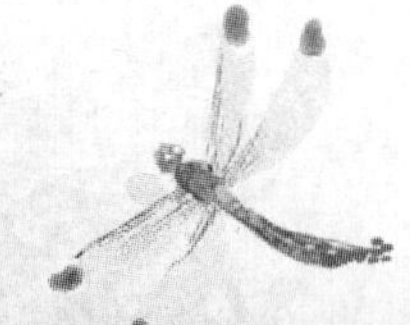

一百零三　被搁浅的荒漠

无论血肉的身躯如何舞动，

我们终将成为时间洪流中

被搁浅的荒漠。

一百零四　宇宙的外滩

当我们被悬弃在宇宙的外滩，

我们的肢体变成无色的光体，

在荒漠任意放大，缩小，

如同天空随意舒展的云朵。

同假日的呼吸，

比肉体的裸露还要放肆的快感，

在沙滩上滚动延伸，

集结成光亮的气泡，被大海收藏。

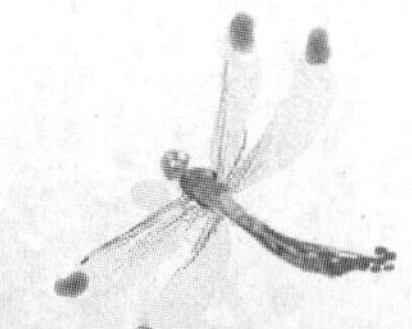

一百零五　孤零的甜蜜

或许到那时，在被海水吸吮之时，

躯体的孤独折换成孤零的甜蜜，

变成海浪弯臂下母爱的流涎。

这特殊的流涎温暖您曾有的

肉身黑暗的孤独，

销蚀您傲烛的心。

您重新获得意识下的欢愉，

那往日平庸的一切在此刻

被您的光体点亮，

您重又找寻到平凡人性的光芒。

第二十一章　性感女郎

一百零六　性感女郎

哦，您那揭开城市黎明上空的薄雾的手，

那么轻柔，仿佛掀开情人遮蔽的私藏。

您召唤城市清晨美丽的性感女郎，让她在您的手心迷藏。

那清晨倾泻在高低错落的建筑物的金缕阳光，仿佛您和女郎欢爱后沁上额头的歇息。

尽管您沉醉黎明后城市光影的气息，但是您更爱这人间所有凡尘的客场。

您将帷幕拉起，沉醉在每一个生命的故事里。

尽管乡村草木的黎明，同样使您惬意。但唯有城市即将上演的交响，

会在您心底奏起灵魂序曲的乐章。

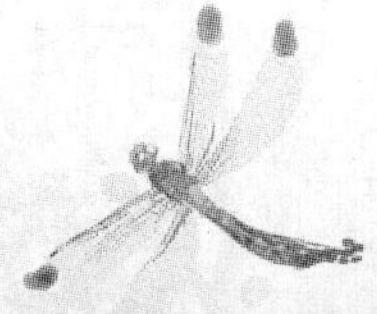

一百零七　断片的乐章

可是，您的幻象的乐章却如戏剧的休场，
仅仅是夏末一个平常的午后，
您就抖落一地的哀伤。

这秋的哀伤，像世界末日的悲鸣。
我似乎看到，在您排演的幕场，在风之渐起的幕布里，
您将各种凡尘卷入风的漩涡。
无论国王还是婢女，哪怕英雄还是懦夫。
最后，您把自己也投入风中。
在此刻，所有白日的伤悲都是徒劳。
黑色的旋风是上帝手中随意折叠的纸扇，
我们所有的喜怒哀乐都在其一开一合间舞弄。
最终，我们随着上帝丢弃的折扇在无影中跌落。

一百零八　云的语

我到现在还没有意识到平日的天空能有什么传奇：那云的语，云的心？

只是希望回归没有雾霾的京城蓝天白云的天空。在晴朗的日子，那云也只是物理气候上形成的物体。

但读了您心中的云，我才感到智者真正的奇思：那云，忽来忽走，忽大忽小，各个形状的云啊，不就如生命中忽清忽冥的人间幻境吗？

谁不是生命长河中一朵忽有刹无，忽欢忽悲地漂浮，最终消逝成空的一片云朵呢？

这忽有忽无的云片，又像人们忽开忽合的窗门，如同嘴唇间一吸一出的空气，无色无形，最终被卷入时空的光年。

那恒宇中的光年啊，就是无数生灵身尽转逝后重叠的生命之痕。

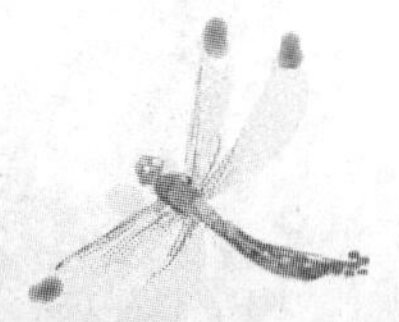

一百零九　平凡的日子

我们平凡的日子最终被吞进永恒的光年，曾经固执的命运终被怀疑为空无的黑白幻象。

我们的影子不再是太阳底下简单的物理折射，而是夜幕下大森林中漂浮的凉亭。

它在黑幕中飘来飘去，随着您模糊的记忆。

那儿曾有的儿时的欢乐被黑色的天幕慢慢扯碎，变成虚无的空气。

一百一十　双重的存在

我们本身就是一种双重的存在。

灵魂和肉体，欢乐与悲伤，获得与丢失。

人类本身就是一对矛盾的载体，在矛盾的碰撞中铺展个体的生命之线。

那困扰我们的理智与情感的纠结，在一日一日的平展中，付出的是岁月的堆积，

而当回首岁月时，却幻化成片片断断的黑白银幕，又仿佛形而上学般的扑克牌的翻洗。

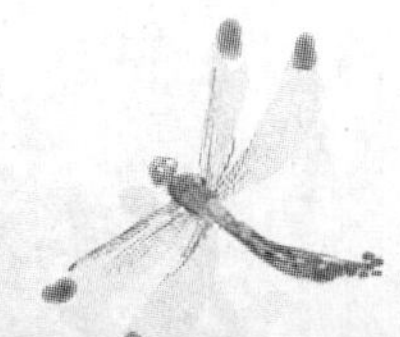

一百一十一　“无为”的梦

我不知道您是否读过中国伟大哲人庄子的著作，如果没有，我感叹东西方文化在“无为”高点上精彩的碰撞。

庄子也爱做梦，梦到自己化成了蝶，他的梦是一个概括的中国美的精致，让每一个读到的个体瞬间诠释自己的身语。

您的“无为”在我的眼里转化为了梦的极致：只有在梦中，我们的所作所为，我们的行走才会不受任何羁绊，我们是纯粹自由的。

这也是我对您对写作状态最高的敬礼，不为出版，不为挣钱，只为将您真实的血肉墨化成黑白的纸签。

您用生命践行了这至高的“无为”，在漆黑的夜里，夜莺来为您送行，您终会被收入上帝闪亮的衣饰中永久长眠。

第二十二章　只言片张

一百一十二　只言片张

这些日月叠积在您抽屉中越来越多的纸签，终于从桌柜的缝隙处划掉。

当您随手拾起重新览读这发黄的只言片张，您经历了自己生命体时光般的穿越。

这穿越，带着怀疑的问号，您已经搞不清哪个时间点的您才是真正的您，您聆听到岁月在自己体内流走的音响。

您在昨日的自我中走过。您还要继续这样走下去，直到终将自己全部怀疑。

您终于看到了一个矛盾体充斥的自己，在镜像中由各种思维模块线条扭曲组成的构造体。

您将自己解剖，看到了一个自我分裂的灵魂。

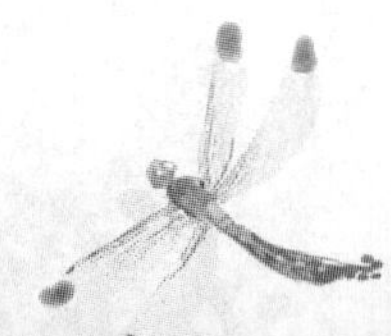

一百一十三　被上帝捆绑

您终于找到了您自己的灵魂。

在您放弃的生活中，却看到了上帝的影子。

这影子，是您做弥撒时在教堂上空的上帝张开的天网。

它将您的一切牢牢摄住，

然而，您是多么惊喜这种捆绑。

它束缚了您，也定格升华了您。

一百一十四　漂浮的光体

借助上帝的手，灵魂悄悄走出您的躯壳，变成一个在宇宙间随意漂浮的光体。

在您伟大的意识的力量下，它能够栖居在任何物体上，在道路的街灯、在巷尾、甚至海岸的尽头。

然而，随着您肉体的精力疲惫，它重回到您的躯壳，您却感受到大地永恒的空虚。

于是，您再次迷失在黑暗的街灯处，无助地叹息。

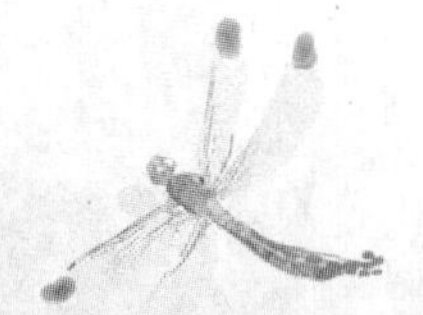

一百一十五　被怀疑的梦

您第一次怀疑自己的梦，向自己提出问题，它在您心上划上伤感的一刀。

您带着冷观的心态审视自己的梦，却看到了一幕五彩纷繁的剧幕。

在这里，您被美丽的衣物装点，在倾泻的月光中，时间将一切艺术之美融化在您的掌中。

您又重新爱上了你自己，继续追寻您的梦。

一百一十六　被重拾的梦

您重拾的梦的力量有能将黑夜刺穿的剑之力，

如同暴风雨中劈来的闪电，将一切黑暗照亮。

现实只是您梦的插曲，屋中冰冷的玻璃将您的梦境映成一地碎片。

唯有远处几声布谷鸟的叫声温暖您孤独的黎明。

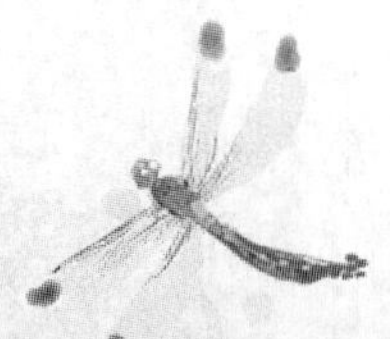

一百一十七　日落的大街

您喜欢看日落时大街的尽头，您将平淡的落日看出分秒的纵横。

您的心也在分秒中穿越没有边际的时空。

您感受着东方佛学中永恒的“刹那”，在一世一亡中，在拥有遗失里。

您在分秒中感受暂时拥有的忧伤，在遗忘中获得稍瞬即逝般色空的救赎。

一百一十八　散文与诗

散文是流行的乐曲，它是您睡梦前情人的缠绵，

诗歌是激情的交响，它是您清晨爱搏起的音律。

您更喜欢散文，因为它是您梦境中催眠的呓语。

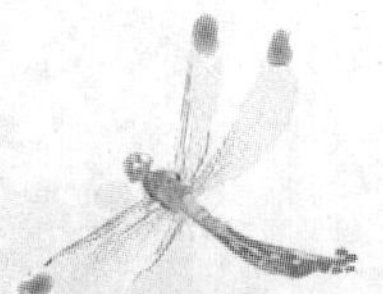

第二十三章　一场虚空

一百一十九　一场虚空

您更加喜欢散文，读别人的作品，更是写自己的文章。

在别人高雅的作品中您找到两个真理的矛盾体，

现实的生活和虚构的艺术，您沉溺于这矛盾体中不能自拔。

当您进行写作时，您却发现落笔时的一场虚空。

在您填写了那么多优美的词句，在您把您的梦境毫无保留地倾诉之后，

您却感到一种无为的徒劳。

因为您还是悲伤不已，您把散文变成您悲伤的物语。

但我在文中看到艺术高雅的身姿，那么瑰丽，那么绚烂。

您说“艺术是行动或生活的替代品”，仿佛灵魂是躯壳无形的附体，它们偷藏在肉体凡胎中。

在白日，在黑夜，来扰乱我们自然的感官。

一百二十　拒绝被爱

您超能的感官使您拒绝“被爱”等一切世俗的体验，

您更爱您自己灵魂围城的墙体内那独具慧眼参透的人间万物。

您放弃了您本可以得到的天浴般的爱情，或许那是天神对您的虔诚之心小小的测验，

就像《旧约》中各式各样的神对人子的考验。

您保持了您的独立性，尽管在别人眼里您是冷漠的怪物。

您放下一切杂念全力追逐着，追逐着，随着您自由的意识、自在的梦。

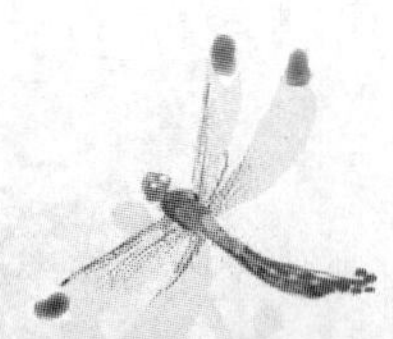

一百二十一　您的冷漠

您的冷漠让您拒他人于千里之外，您害怕被别人渴求，更怕去依赖他人。

我似乎看到了您在童年时期全身颤抖的站立，您从来未曾从您母亲子宫的内膜中完全脱离，

因为您没有冲出去的力量。

您的内心隐藏着脆弱的一撇，

随着岁月变得刚硬，支撑您冷漠的屏。

因此，您更容易感知伟大的神的力量。

您向其祈求，对其虔诚，

因您从那里获得超乎寻常的能。

虽然您已经厌倦一切，

您依然能重获新生。

一百二十二　这一节的雨

您已经厌倦了一切，

那隔日的雨，又在您眼前飘起。

每一次，它能冲洗您烦躁不安的心，

如同母亲用发丝抚慰您哭闹的脸庞。

这一节的雨又是什么样呢?

它不再有诗意，而是单调，冷酷，

如死亡前的序曲。

您无法入眠，您听到夜外一切的声响，

在雨夜物体的声响下，您走入三角形的梦。

仿佛毕加索立体的画作，

您把您与周围的一切都转换成三角锥形的镜子。

您和窗户，和花朵，和一切在多棱多维的空间里，

互相对视，凝望，却永远不会走近。

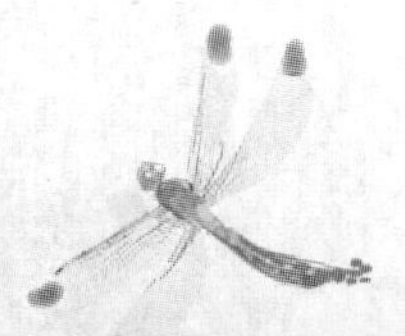

一百二十三　灵魂的背后

您太累了，您需要休息。

您开始嘲笑您追求下的灵魂。

因为在更深的黑暗中，

您开启了另一只眼，

它帮您看穿躲在每一个灵魂背后的鬼魂。

那是撒旦的魔幻之灵，

哦，您终于迷乱。

您已经接近上帝之眼，

您开始窒息。

您的眼前一片混沌。

您要做的是休息，睡眠，

真正的睡眠，

在母亲怀抱中安放的歇息。

一百二十四　羡慕退休少校的生活

您羡慕退休少校的生活，

那是一个高龄的战斗者，在高端的风景中休憩。

在离上帝越来越近的高处，您俯视山谷中的众灵，

更加看清他们即将遭遇的苦难。

这苦难，是围绕灵魂周围的籓禁。

日日夜夜，月升月落，在生灵周围徘徊。

您在高处看着它们，如同在三角形梦里看见自己的幻影。

您知道，您不过也是其中的一员。

但您必须完成您角色的剧情，

像您读过的小说中的人物。

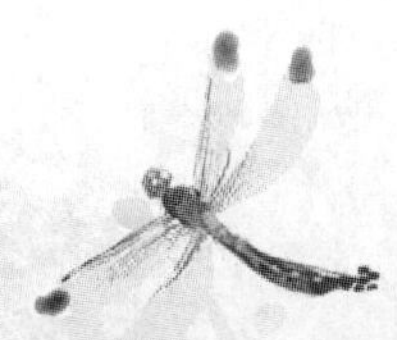

一百二十五　重拾勇气

您重新拾起您的勇气，

向一切行动做“拒绝”的宣示。

因为，您在行动中迷失自己，

您坚持着您对外部行动的拒绝，

只有这样，您才能客观地读着

您周遭的世界，分分秒秒。

第二十四章　逝去的皇权

一百二十六　逝去的皇权

人类曾经追求的浪漫主义和现代民主政治在您的笔下有另一番解读。

我看到您在为古老皇权的逝去，高贵人子的凋亡哭泣，

那些曾有的辉煌殿堂，那曾经威仪的权杖被世俗的低等的智能涂鸦，

被粗鄙的双手扯烂的天鹅绒的幕布慢慢沉陷，对神的敬仰蒙上了一层灰色的底妆。

您在哭泣，心在流血。

为远去的真正的艺术，真正的创造，

真正的天神悲痛哭泣。

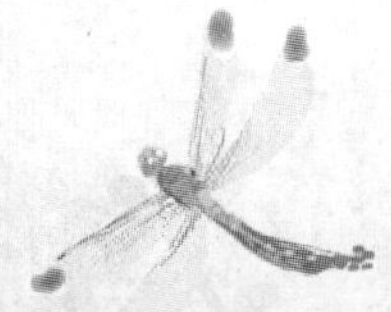

一百二十七　您眼中的创造

艺术来自创造。

而您眼中的创造并不是跟随个人感觉行走的墨痕，

尽管它也有色彩，富有诗的韵律。

您眼中的创造是创世纪般大地的苏醒！

那些靠科学和逻辑演绎的创作在您的眼里不过是

带有奴性的机械的计算。

一百二十八　您的自传

您的自传，让我浮想您照镜子时的模样。

清晨，或许夜晚更深处，

您看着裹在黑色长袍中面色黯淡的自己，

您对自己感到了一丝绝望。

然而当您摘落帽子，梳理前额的头发，

您发现镜中自己的眼睛深邃闪亮。

您慢慢端详起自己，您发现了自己的光。

您在孤独的镜框中看到智者的身影，

您开心，欢喜，您对自己很惬意满足，

像达到了祈祷的天地。

一百二十九　魂之灵

上帝是野兽之灵。

上帝是万物之灵。

上帝是您一生追寻的

魂之灵。

一百三十　无知的外衣

您在镜中看到了裹在人们周围的看不见的无知的外衣，迷雾般幻觉的生活。

人们在无知的外衣中，在制造的幻觉中，或欢或笑，或悲或喜。

清晨时他们披上外衣看似幸福的奔波，夜幕下脱掉这层无知的外衣，

裸露在镜中却找不见了自己。

是啊，我们究竟是谁，谁又真正是我们自己？

睁开眼睛一连串的疑问，无休无止。

合上眼，给自己盖一层无知的睡衣，随日月安息。

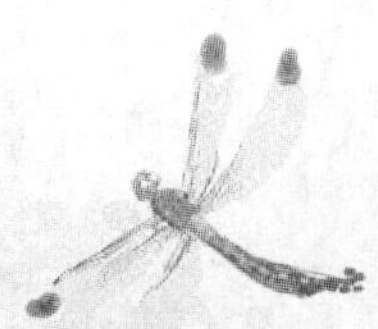

第二十五章　所罗门的宫殿

一百三十一　所罗门的宫殿

“所罗门建造了一座宫殿……”

童年的您沉浸在诗人埃维拉的诗句里，从头到尾。

您在历史中徜徉，把历史的感慨浓缩进您滴落在书页的泪花。

我不能详细描述您的兴奋和感动，但我也有这样的时刻。

在读到某篇某文，某句某词中，我的心驻足下来，穿透纸背我向文中的高地划去。

美丽的文字带给我超现实的想象。

我真的能够理解，您的遣词造句的欢乐。

一百三十二　语言艺术家

您是伟大优秀的语言艺术家，

您把千万众生的感受，剥离成您笔下抽象的幻景组成的文章，

您让读者读到每一个自己，用自己清晰的双眼，寻找真实的灵魂。

您是伟大的抽象语言的文学艺术家。

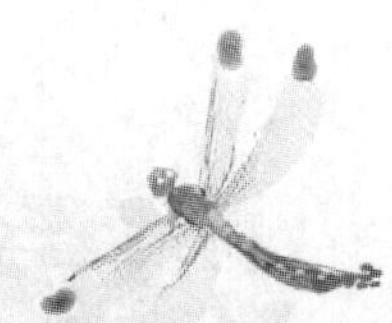

一百三十三　我们什么也不是

然而您也会迷失，有时越想寻找越会发现我们的丢失，

直到“我什么也不是”在你哲学思考的最深处浮现。

人类几千年来想探索天空，宇宙，星河日落，却始终没真正找到过自己。

我们其实什么也不是。

在这苍茫的宇宙中，在每日忙碌的街道工房中，我们其实什么也不是。

在啃着面包对着镜子梳理出门前的发妆时，我们其实什么也不是。

只有母爱能给我们暂时的歇息，美妙的时光。

至少我们还知道从哪里来，是母亲给了我们连接世界的那一段小小的脐带。

不论我们终将落在何方，至少我们存在，

即便是来自人类生物细胞的千亿次的复制，我们依旧是存在了。

因为母亲，我们是大地呼出的一团肉欲的血气的存在，

尽管这血气终将消散，我们依旧是存在的了。

耶和华赐给我们希望和缘起，也赐给我们灵感和忏悔，

我们依旧是存在的了。

但是您早已远离了母亲，您感知自我存在的力量被尽早削弱。

您感觉到浮萍的空壳的囊，

在您悲伤的孤独中，您认为您什么也不是。

您只不过是比其他人更加敏感和聪悟，

其实到最后肉体将硬血气弥散时，我们都将什么也不是。

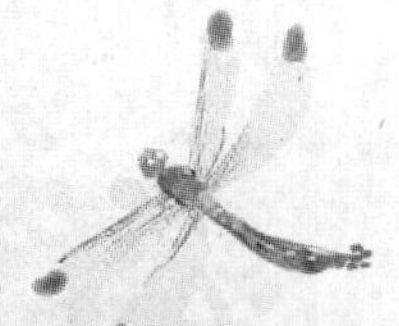

一百三十四　您在夜下迷失

孤寂的夜的守候，街道忙碌后的安静，

催醒了您很少烦躁的面容，

也是您灵魂被侵扰的间奏。

您迷失在无可追寻的烦躁中，迷惘，徘徊无尽。

像婴儿睡枕边欲睡不闭的眼，找不到母亲温暖的乳头。

您陷入夜风中无助的烦闹。

您想找回烦躁的起点，却无从回头。

寂静的夜，加深您郁闷的恐慌，

轻绵的雨，梳理您烦乱的愁绪。

而您却总能重新找回兴起的原点，

信仰的大门将您的心锁重启。

一百三十五　隐形的翅膀

您再次找回的您，已不是之前的您。

过度的思考加重了您身体的载重，

突然旅行的愿望却被真实的行动一扫而空，

甚至于读书的欲望。

或许您已经有了隐形的翅膀，

您的梦中的镜像折射在它的翠翼，

您却又感觉到失重般虚无的线条。

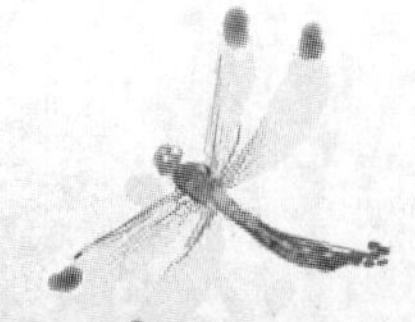

第二十六章　小女孩的琴鸣

一百三十六　小女孩的琴鸣

蝉薄的羽翼在白天带您飞出现实的画面，您回到多年前踏足里斯本公寓的楼梯。

从未见过的小女孩弹奏的琴鸣，随着煽动的隐形的翅膀一点点唤起您过去的影像。

您重构您曾经的所见，像弗洛伊德梦的阐释。

那些只在深度睡眠时才随潜意识浮现的切片似不可解的黑白影像，

您却在白日在您深处的思维中描绘着。

那一声声的琴鸣，带您回到童年，

那一声一声的渐无规律的弹奏，敲击您敏感的神经。

您感到岁月在您身体内流失的抖动，仿佛莫扎特《安魂曲》的曲目，

您看到被音响唤醒的已死亡的魂灵，在街上重又出现，

您想呐喊，想挣脱，您被自己的梦境压抑住，

您预知了自己不久后的逝亡。

一百三十七　旧日时光

您多想逃离这令人压抑的梦境，您快速向人群的大街走去。

然而从街角飘来的面包的香气和水果摊上传来的鲜果的浓香，

都把您扯回温馨的旧日时光。

直至那意外的远处浮来的木箱的气味，您从嗅觉中看到了您儿时亲爱的韦尔德，

他把您一切的忧郁放平，让您回归到文学的真实。

但是您已是文学悲剧的主角，您永远无法回到少年读书的时光。

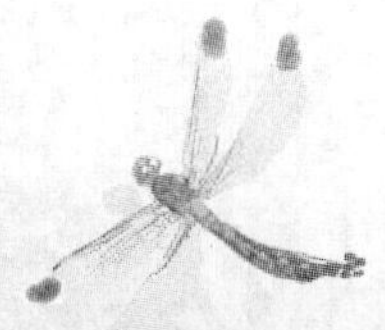

一百三十八　“得到意味着失去”

您在少年时接触并爱上了艺术，

像爱情、睡眠、或毒品、酗酒，您陷入艺术的幻不能自拔。

您说“艺术用一种虚幻的方式使我们从潦倒中解脱出来”，

艺术源于生活，又高于生活。

那是因为在如您一样喜欢做梦喜欢超现实幻象的诗人的眼中，

生活在艺术的格调中有了高贵升华的处所。

不过这艺术的本能也多少使您总是怀着高傲的眼看尘世的一切，

您不屑于您掌中流走的一切，您永远追寻海市蜃楼的幻景。

因为“得到意味着失去”，您总说。

好似爱后的歇息，

最真实的爱是在欢爱前亚当和夏娃

相互压抑的交媾的欲火，

燃烧后变成一抔带不走的灰烬。

一百三十九　神灵还是鬼魂

您用上帝赋予的灵魂之眼将整个人类，所谓艺术文学、所谓神与人、每个躯体，做了梭形切面似的解剖。

我看到撒旦披上了王的圣衣，站在人类高阶的坛上挥舞着王的手杖，

在众人面前它戴上慈善博爱自由平等的金色镶边的面具，只为遮挡掩藏它背后骷髅的骨架。

当夜晚来临，它狰狞的面庞和抓狂的四肢在深夜在魔幻的驱使下伸向每一个世界安静的角落，

像吸血的人鬼，用现代的高科技涂抹黑唇遗留的血迹。

哦，我们终究是人，神灵还是鬼魂。

或许这三者同时存在每一凡人的躯体，在这个三体的躯壑内始终在彼此争斗，

思维的力量和理智的情感交错消亡，此消彼长。

在烛烬的一刻，最终的胜利者就是它肉身最后的归所。

或人域，或神灵、或鬼魂。

读懂您的一刻，我却陷入思维的停滞，我感受到宇宙的天穹，

混钝的鬼斧的力量，将人类拖入灾难如钳的爪。

唯有高冥的智慧，修炼清澈的灵魂才能将日加朽窟血壑的人类彻底救赎。

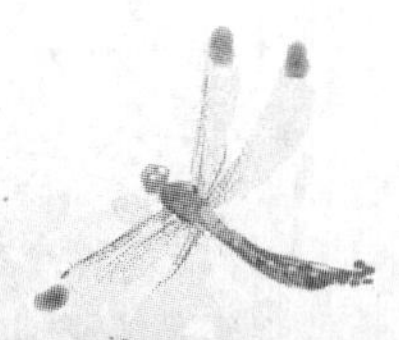

第二十七章　疼痛

一百四十　疼痛

当周围最亲近的人离我们而去，我们祈祷他们归宿天堂，
然而这只是我们为最亲的人的祈愿。
而在我们自身却如失去了某个重要的部分。
对此我有深深的体会，仿佛一只胳膊的掉落分离。
这也会推及长年累月熟悉的人，或许存在时我们没有感觉，
像健康的身体，你感受不到任何不适或疼痛，一切都是那么自然平静。
而一旦远离或永别时，我们才感受到它的存在，
如身体的不适，我们感受到疼痛和自己将要的逝然。

在这心痛的刹那，衰老突至，我们再次陷入人生的迷惑。
孤独的影是黑夜的伴侣，或许我们从出生就是在人间流浪。
失去的亲朋曾是我们暂栖的温馨的幻景，当一切消无，
我们开始真正的流浪，最终像他们一样在繁空中坠落。

一百四十一　悲痛

在即将流浪的最后岁月，您悲痛的心招引恐惧的夜风。

那一声比一声更长的冷风，敲促着您，如同鬼魂的召唤。

您无法感知您是否还是您，您无法推定您又会是谁。

或将会是谁？在哪个躯体内窝栖。

您睡着，仿佛刚醒来。您醒来，又沉沉睡去。

直到黎明的白昼扯去夜下的衣。

您终于苏醒，从虚脱的身躯，从疲倦的眼皮，

您终于醒来，因为您还有生物的时钟。

但您深知，您已经失眠。

严重的失眠，让您觉得白天也如在梦中。

您已分不清在您的生活中，哪个是白天，哪个是夜晚。

它们在您的身上逃离太阳的刻度交错重叠。

您迷惘，崩溃在四肢存在的神经中。

您感到一种无可言喻的对自己生活的嘲讽似的荒谬。

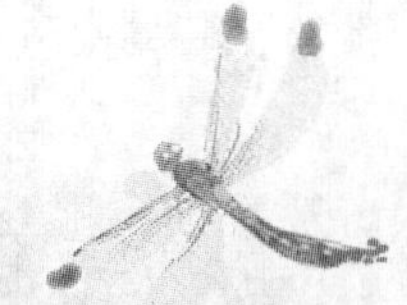

一百四十二　荒谬

您是荒谬的了。

因为您在鲜活的人世间却去欣赏死者的自由。

因为死去，躯体落入真正的自由，变成孤独矗立的石碑。

无欲无求，无依无恋，它变成自己真正的主者。

无色无香，无恋无痕。

它终于是自由的了，您想。

因此，您不再将死亡视为恐惧，

那是一种生活僵索释幻的解脱，

在最后烛烬的时刻。

因此，您又重回死亡衰老恐惧前的自我，

将穿透生死的眼巡视您即将白日的奔波。

您已经是自由的了，我想。

一百四十三　“不要去碰生活”

您向人群呐喊“不要去碰生活”，

“连指尖也别碰到生活。”

您又回到母亲怀您时的温室，您诉说生活给您的血肉的痛。

您害怕去真正生活。

您害怕恋爱，害怕今日的清晨在日暮后变成追不回的彩虹。

您只有远远躲避，或者将您看到的生活的花朵用裹尸布封存，

只为将它们固定在永恒的一刻。

或许很多人不理解您，但我似乎能 touch 您编织裹尸布时颤抖的泪滴，

我知道您是将人类的温柔做成最美的石制的雕刻。

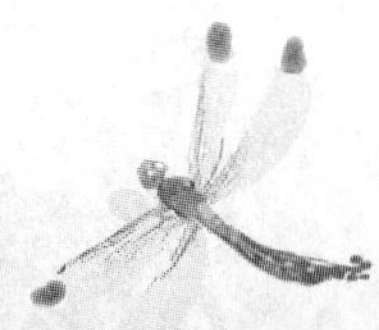

一百四十三　“从未醒来”

您说您从未真正醒来过，

因为在您所看到的一切，

早已如您看过的小说的故事。

您在小说中读到真正人的生活，

在生活中把每一个您见过的人和事腾挪到黑白文字的页张上。

您发现了人类繁衍轮回的生命密码，似乎就在人与世间的一出一进之间。

其实我们都在演绎《天方夜谭》中的故事，

只是故事在我们身上做唯一一次真实的选择。

我们是自己生活的主角更是唯一的观众，但是我们只有一次谢幕。

第二十八章　月光和森林

一百四十四　月光和森林

读到这里，我终于有了一次欢快的节日的呼吸，

我惊诧您对我们所有人怀有的年轻时代生活丰满的描述。

或许这样描写是因为写作时的您再也已经回不去那个年代。

那个青春的笑脸洒满各个角落的充满性感和希望的年月，

那个由各种美梦编织的日月，

黑夜都为我们吟唱爱情的诗篇，

月光和森林是我们怀中的梦想，我们将大地一切收藏。

哦，在那个多梦的年月，我们并肩揽风合唱。

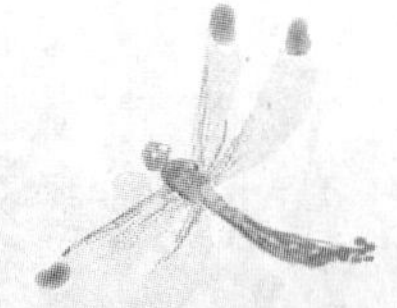

一百四十五　您眼中的完美

在您的眼，完美是不可触及的塔。

难道不是吗？

完美是蛊惑人心的漂亮的巫语，

是海市蜃楼般虚空的幻景。

是永远在您的眼中，张开臂膀想画却

永远画不完的圆。

或许唯有死亡是那最后合拢的笔线。

完美是在我们身后合拢的圆。

一百四十六　海湿的抒情诗

因此，您从对人类的绝望发展到对自己任何行为的放弃。

您从莎士比亚的戏剧看到文字的裂隙，您独尊海涅的抒情诗歌。

您认为只有它才是完美的，其实只是因为您喜欢某类抒情诗人。

您在自虐地观读文字的高作，寻找能够寻找的不完美的裂缝，

最后唯有人类共有的情怀才是献给上帝最美的诗的祭奠，

那是被伟大诗人高度抽象的文字。

因此您不愿意去写作，只是因为您不愿在您的文字中留下不完美的裂隙。

那些完美的没有裂隙的戏剧诗歌只在您的梦中，

在您安静的思索中，在您的脑海中跳跃。

您在眼中捕捉它们，欣赏一幕一幕的开始和结束。

您阖上眼，才真正读到完美的作品。

您是梦中的天才，因此您放弃了笔中的写作。

因此，您也只想做文字的改进者，将不完美的裂隙填补；

您害怕原创，害怕那些不完美的文中的裂阙。

我想，您永远在您母亲的子宫中，

在那个包裹您的完美的圆体中，躲避最后羊水的破裂。

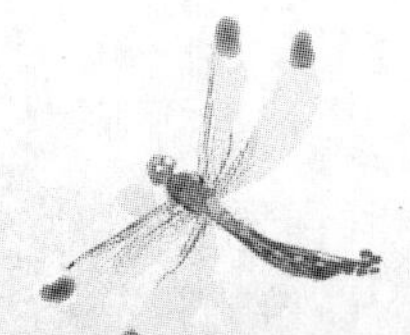

一百四十七　蔑视痛苦

您轻蔑的人间痛苦，却在一圈圈将您缠绕，直到勒紧您的脖颈。

您却又抬高您的梦想，放大您的幻觉，要把痛苦踩在您倔强的脚下。

但是它们像您的影子随您的身躯而移动着。

它们是您永远摆不脱的影儿，像鬼魂的附体，是您挣不脱的幻。

偶尔，您也因此疲惫，怀疑自己的初衷，您想和别人站在一起，

却发现您早已被他人排挤。

第二十九章　梦想

一百四十八　梦想

您说金钱使人自由，让我们买并不实用的东西，

如小孩子在沙滩上随意却欢快捡拾起的贝壳，他们得到了心仪的玩具。

那玩具里有小孩子欢乐的梦，贝壳早已不仅仅是贝壳，

它是小孩幻梦童年的载体。

您说，梦想其实远比物质给我们带来更多的欢乐。

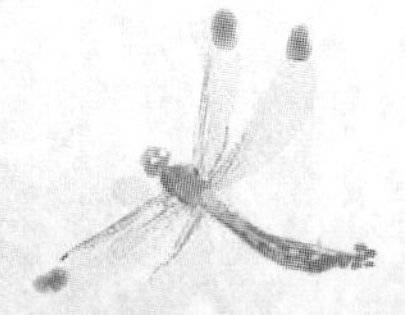

一百四十九　“似是而非的爱”

似是而非的爱。

您看着那些“说毫无意义的话，冷冷地拍着别人的后背，一副有气无力缺乏热情和活力”样子的人，

像是一个机械的面无表情的，有着一副石膏模特的脸，下肢却已不会行走的似人非人的生物。

他们冷淡而傲慢，血液早已在灵魂凝固，变成无色的浆状的线条。

“爱”是他们嘲讽的微笑，颤颤的嘴唇吐出的变音的字母。

一百五十　普通的纽扣

我欣赏您观察事物细节的能力，

仅从在电车上遇到的织工低廉的衬衫的衣领，

从那一排排再普通不过的纽扣，

您将她们一生看透。

您看完了她的过去，现在，将来，

直到死后。

您看着，却也如亲身经历。

您看到所有万物的荒唐，

看到所有生命最后的一无所有。

您又一次看到所有生命尽头后的空雾。

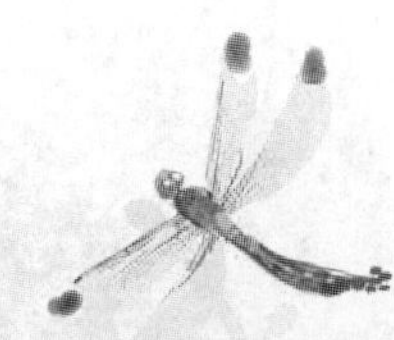

一百五十一　角色

您在您的旅途中，走过宽陌的荒野，

住过偏僻的农舍，见过人生中各种的角色。

父亲、母亲、孩子、亲戚、仆人，

您用您特别的方式爱这些普通的生命。

用您天使细敏的才华将他们每一个角色在您的躯壳里上演。

像一座人性的舞台，

您用真实的血液流走在他们各自的人生中。

一百五十二　王子

然而在您凄凉的夜里，

您却如置身于孤独海浪中不安的王子。

在恐惧中听到夜的翻滚，

仿佛看到远处的海浪中托起的宫宇，您好似找到了久别的家。

您向它拼命招手，却被海浪冲刷到冷刺的沙滩，

您再次向大海望去，那里却已变成一座阿拉伯的沙丘。

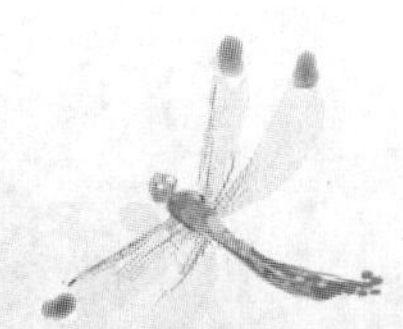

第三十章　锻造灵魂

一百五十三　锻造灵魂

您在平凡的日子里锻造您的灵魂。

不是浮夸的字眼，不是漂亮的装饰。

您在人间的嘈杂声中锻造您的灵魂。

每一天的日出，黄昏，同一条上班的街道，

您用一年 365 个角度去读它们，欣赏它们。

直到您看到平凡的 365 个多彩的维度中的彩虹。

您的灵魂也随之升华。

您也有了双重思维的能力。

仿佛您比别人多了一双隐形的眼和复制的身躯。

您在办公室抄写账本，那个隐形复制的您早已在海的航行中穿梭。

一百五十四　行走的僵尸

您把世间人类的麻木简单格式化，

让我看到舞台上在裹尸布里直线行走

不会拐弯的横冲直撞的一具具僵尸。

它们撞倒着一切，践踏着一切，

只因它们已经受控于虚妄的意识。

我欲哭出来，

因为我联想到曾经遇到正在遇到也将永远躲不开的，

街道上、工作上、生活上的人类麻木的脸。

我感到冰铁似的冷，但能感觉到冷说明我还不是僵尸，

只怕连冷、痛、耻辱都感觉不到的骷髅似的麻木在人间延伸。

哦……我为这人世拽不住的麻木哭泣。

因为我们在炫目的灯光下早已远离对上帝的信仰，

怪诞的思维牵引我们有力的躯体，

却带我们走入万劫不复的坟墓。

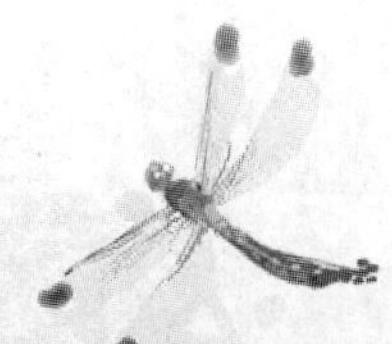

一百五十五　行尸走肉

有的人行尸走肉的活着，因为远离了古老的信仰。

有的人放弃了祖先的信仰去捡起新奇的偶像，

在这里，信仰已经成为在人类手中随意玩耍扔捡的玩具。

您对这些了解之深因为您独有的才华，

您钻进各种人的境遇中体会他们卑微麻痹的生活，

最后您预先看到他们的死亡。

您用另一种力量体会人间各种的悲苦，

将它们组构成您生命背负的十字架，

这十字架越来越重，您用另一种方式您美丽的文字将读您文章的人救赎。

用文字的音符敲击他们还不完全朽木的灵魂之窍。

一百五十六　人性的弱

我欣赏您，更多因为您将人性的弱勾勒成悲剧的史诗。

因为它折射出真实的画面。

那外表强者皮囊下真实的脆弱，

不论高低，无论名利，每个人岁月中潜藏的恐惧的因子，

直到在死亡时得到最后的释放。

您描绘的挫折的美学，

让我看到一个哭泣的男孩脸上折射出的妈妈温馨的笑容。

您对自己“活着的天才”和“文雅”下怯懦的掩饰，

让我感知脆弱的灵魂在自我嘲弄中无奈的虚伪和自我折磨的鄙视。

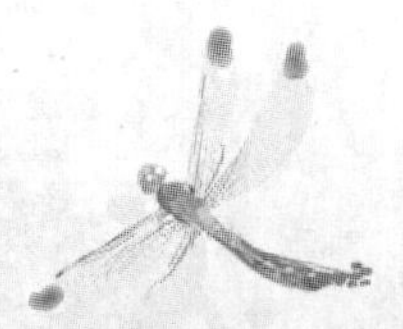

第三十一章　艺术的滥示

一百五十七　艺术的滥示

您又回到了雨中。

我不知道您住的地方果真有这么多雨吗?

如果有，那我认为您是幸福的。

雨是平凡日子里欢喜的插曲，尽管令生活有些褶皱，

如泥泞中的街道。那我也认为您是幸福的。

它给您更多的自然之窗，在您爱观察的眼中，又多了几扇叠透通灵的屏。

在这些反复却从不重复的屏镜中，那些带围巾的女子变成舞台中行走的模特，

她们飘来又离去，使劲洪荒的力将自己盛时的浓艳和性感肆意裸露，

可您认为那是现代艺术在生活中各种的滥示。

是啊，在物欲横流的年代，在五光十色的欲壑中，连羞耻堕落的行径也会霸占艺术的言语。

哦，那些令人作呕的“艺术品”啊，如同舞女穿上了圣衣。

一百五十八　雨的章节

有的时候我很惊喜自己读您文章的感悟，它们在下一个章节得到确认。

在您徘徊犹豫不安时，总有雨出现在书的章节。

它们是您不安的心的小憩，也是您呐喊的诗情。

我多么喜欢读到您雨中的章节，它们让我迷醉，总有乐符隐入我心。

或许我触碰了您灵魂中隐秘的乐团之音，它们那么丰富，那么动听。

敲击着我与您隔世却共鸣的心之曲。

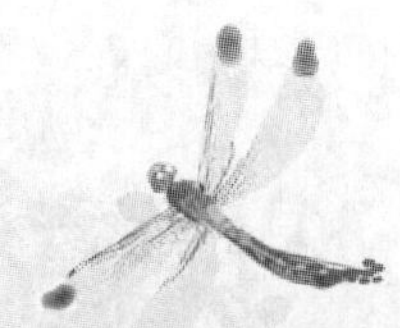

一百五十九　躲在雨里

您躲在雨里，在有雾水的雨里看风景，更在心雨里找光明。

世界如此之大，您却蜷缩在黑暗的角落。

好似被人追赶，您那敏感的听觉让您看到窗外不堪的世界。

而只有在蜷缩的夜，您才能找到黑暗中隐藏的光亮。

一百六十　烟草店员的自杀

在我的眼里，您也步入了思考带来的自我否定的螺旋式。

寻寻觅觅，却离真相越来越远，或者反射到自身的彷徨，焦虑。

这是智者作为人类杰出者必有的困境吗？

您把普通人简单的格式着，他们的喜怒悲哀在您眼中的屏幕中演绎，

直到您知道了烟草店员的自杀，您才懵然懂得这么卑微的生灵同您一样也有焦虑，

同您一样，也会流泪。您联想到他最后入葬的棺椁，凄凉，无语，

仿佛上帝收入的一滴无色的泪珠。您这样想着，再次进入了彷徨。

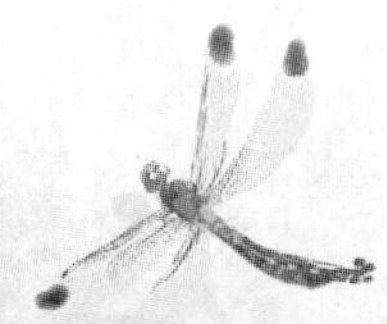

一百六十一　梦的夜语

您迷失了，在茫茫的海洋中，同时您享受着您失落时的景像。

在苍茫的海浪中，您看到往昔的您，曾经的面容。

您用美丽的文字裸露般勾勒您悲伤的孤独，同您沉醉时的幻景，您的迷梦的向往。

您在沧浪的海洋中，审视着自己的一生。

您看到浪涌中滚出的您曾经的梦境，

那么美丽，妖娆，仿佛少妇美丽的面庞。

您在浪中听到您曾在梦中敲击的音响，

那么神圣，迷惘。

您从失败的梦境重又找回真实的自己。

您知道，您早已是人间一道别具亮丽的风景。

它将是众人追求的各自灵魂梦的夜语。

第三十二章　您笔下的秋

一百六十二　您笔下的秋

太喜欢您笔下的秋天，不同于任何人写下的秋天，

可巧，北京也正值秋天。您笔下的秋天，

让我联想的不是金灿灿的黄，

而是大地天空大写涂抹的白与黑的缎带。

您如大师的画笔，将万物涂抹成白与黑的颜色，

仿佛生命的呐喊，在将冬的节奏中，挣脱终结的音响。

哦，您笔下酣畅淋漓的秋啊，少了情侣的缠绵，没有少妇的哀怨，

却融入激情的乐章。

我再望向北京窗外渐秋的天空，

却仿佛看到冬后新春的绽放。

是啊，让严冬将一切的幕像冷冻，

在冷冻中酝酿下一个春天的交响。

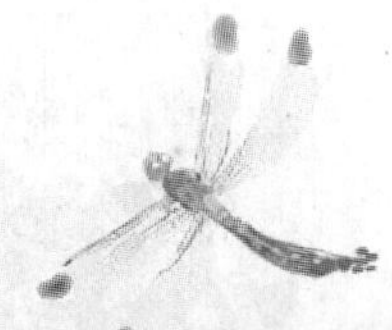

一百六十三　完美的败笔

在您眼里，行动是打破一切完美的败笔。

仿佛那一湖静泊的水面，我们唯有在旁边欣赏它的宁静孤独。

一旦向湖面扔去一块石头，水面泛起美丽的涟漪，它的宁静孤独即被打碎。

“行动”是宇宙不和谐的缘起，在您看来，

人类的行动破坏了宇宙原始的初笔。

人类在将来的日子里永远在不完美中修补又被打碎的轮回中沉陷，

直到触碰生命原始的点，最后也将自己粉碎。

一百六十四　被打破的梦境

突来的电话打破您在雨中美丽的遐想，

电话那头污浊的言语让您的梦境冰冷。

您开始梦境外的幻想，把一切事物抽象剥离，

最后融为一体。

在我看来，您走入了更深更孤独的语境。

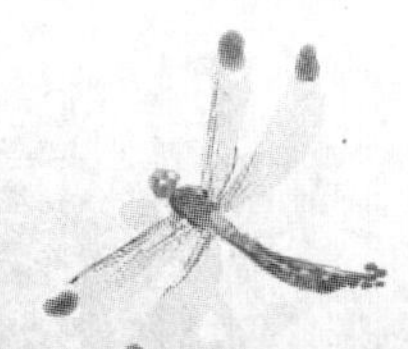

一百六十五　伟大和弱小

我欲哭泣，您歌颂的梦触动我眼泪的起点。

亲爱的佩索阿先生，经过彷徨疑惑，失败困惑，您又回到您初始的纯净。

您的博爱，您的善良，重又点燃每个卑微灵魂对梦的信仰，生活的梦启。

在您眼里，伟大和弱小在一个梦的节点相聚重叠。

您用梦的力量解释天下万物的平等，上帝宽厚的手掌在您的梦中呈现。

虽然它只是每日生活中虚构的插曲，却像文章中不可缺的虚线，将生活最大的延展。

在这些不可缺的虚构的线里，和平安逸才会是晴日里永恒的诗篇。

第三十三章　红唇的夜

一百六十六　红唇的夜

我不清楚您书里的爱人是否是一位真实的美丽女郎。

您在红唇的夜用双手捧住她的纤纹的掌，缓缓放到您的耳边，让她屏息倾听。

我也不知道她是否真正聆听到您内心的声音，

但我却看到您在最后将她搂入您的胸怀，

世界开始夜的呼吸。

那么多白日旁人的脸庞浮现在夜里，您认得出他们的面庞，

却惊诧于他们夜下的叹语。

仿佛他们多棱的面庞，每个变换的维度都映出不同的语句。

您在这迷乱的多维重叠的面庞里，

看到人们鬼蜮的心和虚伪面罩时刻切换的幕镜。

他们的心，他们的言语，他们的行为，

他们的欲望，都是从一个躯体里分出的辙。

谁也不知道哪句才是他们真实的心声，

癫狂的分裂将他们自己也迷失在深夜不能敲开的窗外。

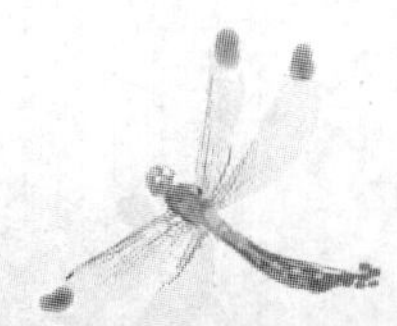

一百六十七　美丽无用

您在静夜将美女搂入怀中，

您让她聆听到您真正的心声．

您告诉她：美丽无用。

她惊愕地在屋中颤栗，

本来清澈的眼睛逐渐迷惘，

怀疑，愤怒，最后到狰狞。

您说，那才是她真实的脸庞，

她的灵魂。

您将她重新搂入怀中，她悲伤地哭泣。

您说美丽无用，它掩盖真实的人性，

一次次上演人生因美丽掉落转化的悲剧。

您说美丽无用，您总是从盛开的花朵看到秋后的落叶。

因此在您的眼，美丽无用。

一百六十八　风的音律

孤独沉默疑问反复的思考终于使您感到头痛。

您却在更深的思考中忍受着身体上的疼痛。

因它，您触痛到宇宙灵魂的痛。

您感觉到您的每一根发丝都有风的音律，

您通过痛感的神经终于将自己和宇宙在风的裂隙中相通。

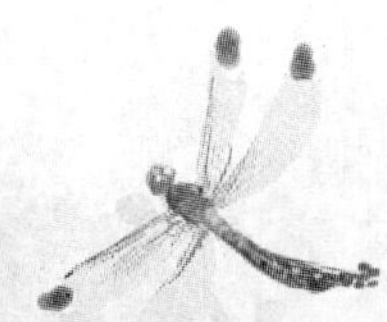

一百六十九　思索的痛

您也进入了那传说中的宇宙的纠结——戈尔迪之结。

神示赠给思索光环的边，也赐予它混沌的痛。

人生如一团麻，思索是永远没有尽头的绳。

但是伟大的思想者却是欢快地游弋于此间。

一百七十　思维的海洋

您游弋于思维的海洋，无边无垠。

在极细微的地方，您看到宇宙的边。

那个偶然落在办公桌上的绿头苍蝇，

那条晚上已经空无一人的街道。

在常人忽视的角落里，

您把人间各种醜幕上演。

因此您常会倦怠，常会孤独。

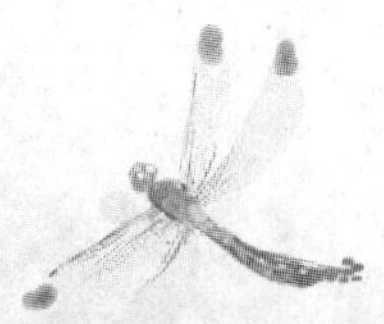

一百七十一　自我放逐

您自我放逐的孤独偶尔也会带给您恐惧迷惘。

您想象自己在他人眼中的各种幕像。

您在自己和“他人”中迷失。

您看到万花筒般互相照映的镜子，

单一的您在每一镜像中相互折射，

您看到无数的自己在不同维度的折角，

您已经不知道哪一个才是真正的您。

第三十四章　太阳不落

一百七十二　太阳不落

最后，疲倦的您在落日的湖面看到您垂暮的影像。读到这里，我的心也随之平静。

因追随您思考的疲倦后，我也获得了久违的大自然初始的静。

我也真正找到了您静默沉思背后的物语。

哦，那是多么广阔的永恒的画面。

在那里，太阳不落，风儿不停，黑夜不降，湖泊不枯。

那是静默中最美的空间。

您说您不相信风景，您只是不相信世俗眼中的视镜。

您在开启一扇很少人才能看到的灵魂之镜。我庆幸，我已经欣赏到了它。

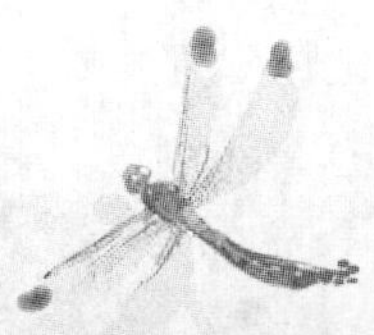

一百七十三　贵族的光阴

像艺术家无意识地在纸上留下的线条，

您在您独有的无意识下将线条转换成葡萄牙语美丽的字母。

而只有在您以后读到它时，它们才在您心中发出美丽的音符，

像一首首唱诗的乐曲，您也惊讶于它动人的妩媚。

您说您是祖先古堡遗落的生命，您祖先的宅地早已化为落地的废墟。

这难道就是我从您文字中读到的古老高贵的面容，带着哀伤，充满惆怅。

在您笔下的夜晚总有一滴泪，向我们诉说您没落的贵族光阴。

一百七十四　天籁的音色

哦，您梦境中的手笔带有天籁的音色。

它们在您醒着的梦中，在您沉默无语中，在天空击打出雷鸣般的声响中。

像一句句生活的呐喊，划出梦的禅音。

我能想象您在晴朗的窗台，一个人舒服地躺在椅中，

带着赏悦的心情观看您的周围。

您用梦的力量将他们的行动定格在舞台的幕中。

在您的眼中，每个人物都带有诗意的梦幻，或欢喜，或悲伤。

您拆解着过路人的表情，那些已经上了年纪的妇人，

在曾有的爱情失落后，您看出她们折射出的渴望爱情的如少女童贞般的笑脸。

仿佛您将一个十六七豆蔻的年龄，重新粘贴在她们已有褶皱的脸上，

您把人生的过去和现在在同一个躯体中重叠出现。

哦，您是梦境的创造者，更是人生戏剧的高手。

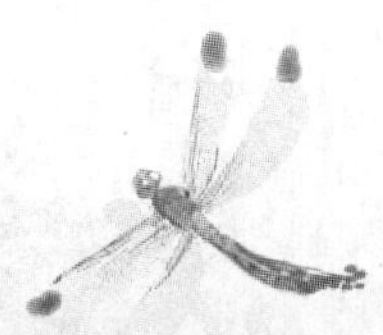

一百七十五　柏拉图式的爱情

您用您手中的笔将柏拉图式的爱情在梦境中描绘。

您渴望王妃般高贵的爱情，

您渴望超越肉体的爱情，

您渴望超自然的灵魂的爱情。

那么我认为，您不需要世俗的爱情，

不需要附在躯壳中的女人。

您可以在历史长河中任意选择那些留下名字

和美丽音符的已经飘逝的女人，

您只爱她们留下的故事和灵魂。

她们永远停留在那里，您可以永远去爱她们，

不必停留，没有遗憾。

一百七十六　戏剧的高手

您是人间戏剧的高手，您在书里获得各种人物情绪的感知，

在夜里重新编织。

在您的梦中，您演绎着各种角色，体会每个灵魂的阙隙。

您从透明的感觉体会生命全知的意义。

您的感觉您的梦想是您丈量大地的无形的腿脚，

像会飞的幽灵，您靠它在人间各种帷幕里穿越，游玩。

享受着他们的苦乐酸悲，您再用您神托的语言将他们至于高高的圣坛，

为梦想的生命奏响《欢乐颂》的乐章。

在我看来，他们都在您的戏里，您的人生在却在他们的梦里。

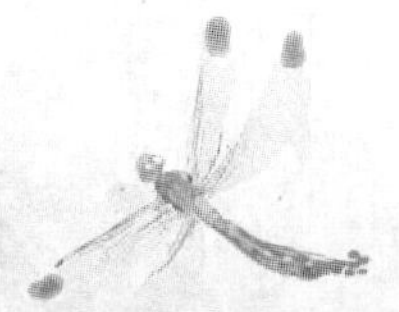

一百七十七　谎言

您幽灵的眼，洞穿每一个生命体的黑洞，

您说“交心坦白是双重的谎言”。

您哲人的笔写下痛楚的字眼，

可谁又能断定它不是真相？

第三十五章　时间是什么

一百七十八　时间是什么

时间是什么？

读到您的疑问，我有些诧异，时间就是时间啊，

是一日一日撕下的年历，是母亲一年一年新增的眉皱。

而您，却在怀疑时间。我觉得新奇。

是的，如您很多的想法我都感到新奇。

但如同前面的文字，您的解释带给我很美的画面，我看到，

我们不过被所谓的时光刻度围绕在一个被龙纹缠绕的圆柱。

在这环绕的圈中，我们演绎着自己的舞步，释放自己的表情，

直到最后将自己完全赤裸，化作一丝龙吐的烟雾。

时间是什么？我也想知道，时间在您的眼里是什么？

一根测量太阳和星星距离的手杖？

一个无数次从出生到死亡却是原地踏步的刻度？

一个其实没有任何意义的词语？但是它却像多棱的玻璃片，

将万物做各种帷幕切割，

让万物彼此热恋相望却从不会相叠拥有。

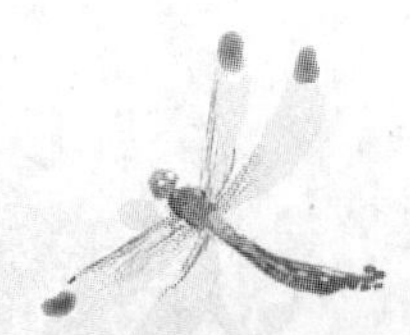

时间到底是什么？我也步入了您没有答案的哲学命题的迷雾，

变成乡下老伯母打发时间的手中的纸牌。

在纸牌百无聊赖的抽取声中，女仆的茶壶却在慢慢加热沸腾。

时间到底是什么？

一百七十九　春天

还没有得到答案，又迎来了带新绿的春天，

和城市山坡上披薄雾的黎明。

如同新生命未知的绚烂，您欣赏广场人稀的春天，

垂涎引人入盛的黎明的色彩。

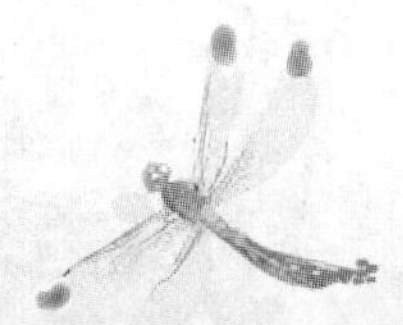

一百八十　生病

哦，我开始担心这个时候您是不是已经生病了。

因为春天和黎明都会无限牵引您烦乱的神经和复杂的思绪，

更何况那炎炎闷热的办公室。

雷雨前的燥热多么让人烦闷，

待那霹雳的闪电划过，

似乎万物一齐从黑暗中重见光明。

这如同《创世纪》的闪电啊，

将僵死的事物粉裂，

却当头一棒在沉思者醒尸般的天冥。

一百八十一　上帝的影子

我还是认为您已经患病，

一种叫做焦虑的二十一世纪正广为流行的病。

过度孤独沉默的您在自己和旁人身上打了个死死的结，

您不了解别人，别人也不了解您，

您看到人与人之间永远存在的分裂的网格。

他们彼此都不会了解，但是很有意思，

每一个网格的侧面偶尔也会出现某个角度美丽的画面，

因此，您能看到每个普通人身上的微弱却还有的光，

那里闪烁着人性健康的光芒。

或许您想走入人群，与人群拥抱，

但他们小小的转身，近距离的言语很快将光芒覆盖，

于是敏感的您又抽回要迈出的脚步，

您重新听到哀叹寂寞的音调。

您在孤独中塑造伟大人物的轮廓，

只为寻觅一种神似的慰藉。

这轮廓，是普通人咖啡馆里消磨时光任意放纵时，

在夜晚行走的上帝的影子。

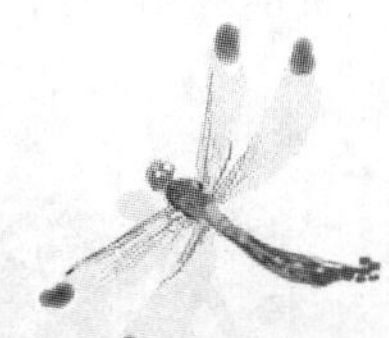

一百八十二　自我批判

我不知道我是不是读懂了您，

在这一刻，您上升到对自己的批判。

您把一切批判，将灵魂也加以否定。

您在又一个自我的高处盘旋，或许已经接触到上帝的眼睑。

您一层层地蜕变，直到怀疑自己被赋予的躯壳，头脑和生命。

这超思维的虚空将我也带到一个很有意思的屏幕前，一个对生命体对宿命新的感知。

我们到底是谁，在这个星球，在这个早于我们几亿万年就存在的星空，

我们到底是谁，如何来到又为什么来到这里。

有了眼睛，耳朵，双唇，谁赋予我们多样的感官，同时给我们多难的命运。

或许个人的命运是在我们出生时早已铺好的一段长长的铁轨，

我们从母亲子宫的月台上车，这车带我们穿越时空，

路边的风景是早已等候的和肉体相吸的空气，无论是风，水，还是冰霜，

在我们路过时，它们在我们身上留下印记。

昨天的风景不是明天的样子，明天的我也不会是今天的模样。

我们的灵魂在车厢里忽来飘去，有时落在我们肩头，和我们一起欣赏风景，

有时却飘出窗外，遗落在某个街景。

当列车驶向终点，我们关闭看风景的五官，

将“自己”谢幕终结。

第三十六章　“堕落是我的命运”

一百八十三　“堕落是我的命运”

太喜欢这一小节“堕落是我的命运”，我几乎将所有的文字做了圈点。

在您描写的“堕落”中，我看到一种对命运无奈下，却依然充满对生活终极的渴望。

在那趟行驶列车的终点，在生命旅程的风景即将谢幕，感官即将合拢死亡是我们最后的温床的奇幻的时刻，

把自己所有交给命运的摆渡。

在您描写的“堕落”中，让我们享受到所有“放下”的美妙：

随秋风下的落叶一起飘落，等待花朵一叶叶枯萎，那其实是每一个生命最后浓缩的叹语。

在您描写的“堕落”中，给生命的流逝披上了天堂的彩衣。

哦，我多爱您笔下“堕落”生命的美丽。

像中国茶杯上风景画中无限的风景，

我们在那里享受您笔下“堕落”的天赐。

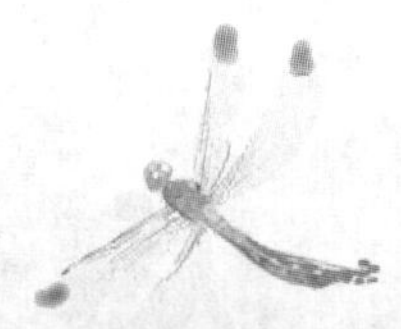

一百八十四　浮世绘

但即便在“堕落”中享受命运，您也能从刹那中分辨真实和虚伪。

那矫饰的日本茶杯的人物刺伤了您宽广的眼界，

您被形式感的画深深刺痛。

一幅幅《浮世绘》的场景把所有空中的花园玷染，

人们口中排斥的欲望将自我变形成鬼魅的图样。

一百八十五　真实与虚幻

真实与虚幻是同栖在一个躯壳内的连胞体。

它们从一开始就交替折磨着肉体的神经。

“我是谁”“谁又是我”，

或许不管是真实还是虚幻，

都是层级不断升华变换的多维的空间。

我们只是在不同的层级切换着自己的真实和虚幻，

真实是感官的物质的触碰，虚幻是意识深层的感知。

随着年龄的增长，同样的物质触碰却会带给我们不同深度的灵魂感知。

那秋后的落叶，少年时只是手中的游戏，

而今却变成人生烙印的文字。

年龄越长，仿佛离虚幻越近，

可以和天空做奇妙的对话，只为远离真实的苦涩。

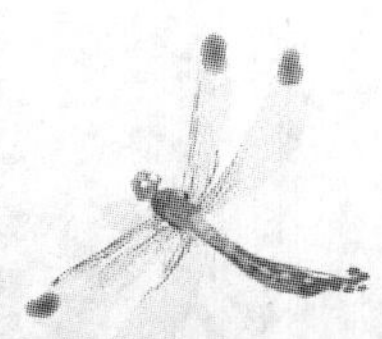

一百八十六　洞穿

于是，您洞穿了一切荒谬，

在人类的真实和虚幻的博弈中演绎的各色人生中，

您洞穿了世间一切的荒谬，

在似是而非令人颠倒的命运安排中。

上帝用荒谬的笔法将世俗尽力修正。

一百八十七　持续的病痛

我又读出了您的病痛。

持续的不间断的梦和思考带您进入醉酒般的状态，

或许稍不注意，您就会跌倒，不再起来。

您那有些命悬一线的神经逐渐脆弱，

您是否已经有一种死亡迫近的感觉。

更加孤独，彷徨，像被什么催促，这催促的声音使您更加焦虑。

我感觉到您有些厌倦生活的困窘，在中年的时期，或许这些感觉会出现在每一个同您现在一样年轮的人身上，

对自己的上半生的疑惑，否定，对未来的困惑，更多的是对往昔岁月的留恋。

只有麻木的神经才能忽视渐萎的生命。

而您，当聪慧的您真正感知到生命的将逝，另一世界的迫近在您身上有声色的来临时。

您听到了神灵的言语，或是鬼魂的召唤，您更加焦虑不安。

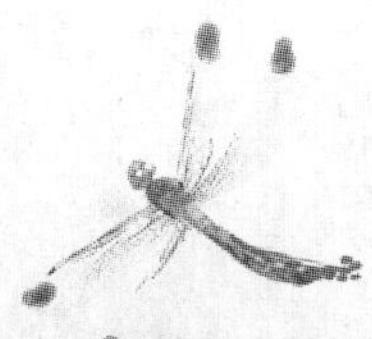

一百八十八　为自己疗伤

但是伟大人物从来不听从外力的摆布，您最终依靠自己梦的力量和思想的伟大为自己疗伤，

在接近死亡之感的刹那，您步入了更高的天阶，仿佛在天庭的阳台看到生命的永恒。

如那流水，绵绵不绝。您又再次为生命歌唱，把个体的死亡纳入宇宙恒链小小的环节。

同时您的哲学上升到更广博的高深，您看穿了事物在各种“分类”下的荒谬和无知，

您质疑“分类学家”的科学，将它们视作对生命认知的虚伪的谎言。

您已经有了一双佛的眼，能将世间一切事物合而为一，在一个原点找到生命本尊的答案。

不过，这力竭的思考再次让您疲惫，您重新回到自己记账的小本本。

因为无人能理解您，您也无人可交谈，您为自己感到悲伤。

我也仿佛看见您身上流淌的将竭的血滴。

第三十七章　对冬的预言

一百八十九　对冬的预言

超负的思索萎缩了您本来康健的腿脚，

不能释放的持续的幻梦窒息您健康的呼吸，您发现您已不能如正常人那样行走。

在炎热的夏日，您却感觉到您生命的秋意。

您知道您病得不轻，没有上帝之手借托的无穷境的思考将您带入越陷越深的泥沼。

莫非上帝并非爱您这样聪灵的精灵，更喜欢按照自然规律生老病死蒙昧的凡胎肉身?

您感觉到不可抗拒的超自然的遗弃，在您生命的秋天。

同时，您预言自己冬天的来临。

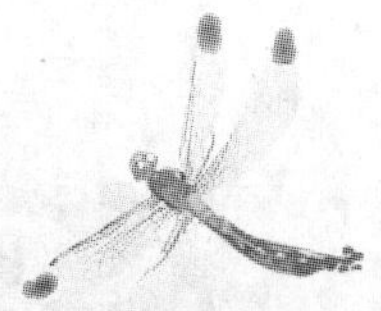

一百九十　独自旋舞

您也再次走入更深的烦闷，

它们像春蚕的吐丝一点点将您的躯体一圈圈捆绑，

或许您已经有了抑郁症的明显的病侯。

您没有力量去挣脱，在您一人搭建的舞台一人跳舞的空间中，

您已经进入自我空间独有的维度。

我看见您在一个透明的玻璃格中独自旋舞，

然而舞步愈加沉重缓慢。

最后您只有将整个身体贴在玻璃墙的一面，

双手张开从上慢慢下划。

这划掉的双臂和失落的表情给您自己

一个强烈冲击的挫败感。

如《创世纪》的裂响，您的灵魂从您的躯壳中分裂。

一百九十一　灵魂的眼

您的灵魂从您的躯壳中分裂，带着您的感官，您的意识，在空中升腾。
随着不能分辨清楚也无法说清的雾或烟潜伏在各色的事物中，
您已经分不清哪个是真实的您，哪个是您意识下的灵魂。
您在漂浮的夜仿佛身上生出了百双眼睛，他们交替睁眨着，
把世间所有看尽。

您用超自然的意识开启了自己的灵魂之眼，也赋予了灵魂的双脚，
您可以和它一起在梦的驱使下在夜晚的森林里行走，游荡。
您们并肩走着，偶尔互相凝视，猜测彼此的内心、想法，
但从未想要去拥抱，触碰。

一百九十二　灵魂的碑

您再次洞穿了自己，同时看到自己即将被遗弃的颓世的坟窟。

您也从这颓废的墓窟里读到了您伟大墓碑上的文字，

您所有感知和梦想将通过文字的力量在您身后在世界获得放大。

您用自己肉体的冷漠在人间竖立起一座灵魂的高碑。

一百九十三　思索的森林

冬日的雨提早冲刷您智者高傲的字碑，

您感受到冬日刺骨的冰冷，在忧伤的夜晚。

在您无数次叩问却始终没有答案的挫败的冬日，您伤心地哭泣。

为自己，为永远得不到真相的各种层级变换的疑问。

您终于了解所谓的思索就是您自己步入一片没有边界的大森林。

每一次您到达思想的高点，在它身后又生出另一片未知的树林，像魔幻的艺术。

您始终从起点开始，向终点进发，而您其实只是在原地踏步。

然而，岁月却无情地剥蚀您有限的肉体，您太累了，您感觉自己受了某种欺骗。

而欺骗者，恰恰是您自己。

第三十八章　“存在即拒绝”

一百九十四　“存在即拒绝”

“存在即拒绝”，我不能理解，

难道是今日的存在是拒绝了昨天对今天的想象的样子。

“存在即拒绝”，

难道是今天的生存是对昨天死亡的拒绝？

到底什么是“存在即拒绝”高深的音律，

我不能拼出它的音色。

一百九十五　嘈杂的世界

在嘈杂的世界，或许我们不必靠双眼就能“看”到它的全部。

街头的喧嚣，楼上母子的争吵。

在没有宁静的白天和夜晚，我们难以找到无声的空间。

人类的喧哗扰乱灵魂叩门的声响，更是掩盖天古真神的召唤。

在自我的寻觅中，人类堕入声色的山谷，无力自拔。

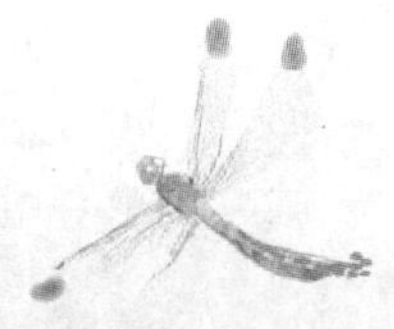

一百九十六　王妃的角色

您再次用王冠装饰您沉醉的梦境，在那里，您是王妃的角色。

在那里，星辰做您的幕布，无论时光向哪里流淌，

您在王者的爱情里享受永恒的时光。

这时光，是裸露的光体，将世间一切照亮，

在每一个偏僻的角落。

婴儿停止哭闹，少妇抹去泪痕，流浪的孩子回到母亲的怀抱。

哦，这无声的夜啊，却有生命的奏响。

我也想在您的帷幕中出现，像个懵懂的小孩，

却肆意起阳光般的笑。

一百九十七　无数个自己

哦，伟大的佩索阿先生，您如上帝的手笔将人类一笔概括。

您看到无数个隐藏在同一个基因的载体，同时，您看到无数个自己，

在万物的躯壳里，这到底是哪样的奇妙感觉呢?

闭上眼，却看到数万双自己的眼在各种的服饰里，这到底是什么样的奇景呢?

唯一遗憾的是，您却找不着一双您穿着童年时装的幼年的眼，无论您如何努力。

您寻不见这么一双童心的眼，于是，您彻底放弃，完全失落于夜晚的窗边。

您和星星一起沉醉，在不复出现的昨日的黎明里叹息。

我听见，一曲人间悲剧的咏叹调，如彗星在您头上的夜空闪过。

您最终向命运妥协，在成千上万服饰中的您，您最终向自己卑微的命运妥协，

缴械在岁月从高处向低处滑落的古老的水车中。

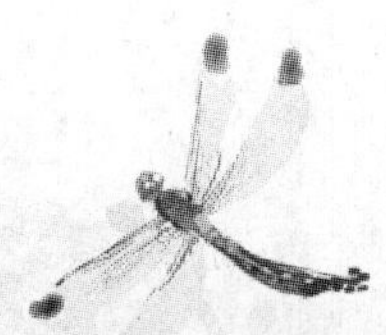

一百九十八　向命运抗争

您向命运奋力抗争的拳头终于松懈。

双手开始在身体上摸索，只为寻找儿时留下的滋味。

您在镜中认真观看自己，批判自己，将软弱和卑微尽力翻扯，

如抖落儿时衣兜里残留的巧克力糖屑。

您批判着自己，毫不留情，仿佛上帝最后审判的落笔。

微风卷起长衣，只留下一行行落叶的伤痕。

然而，在今天看来，这落泪似的伤早已微不足道，那只是自私的您自我迷恋的魂影，

像俄尔克索斯自我迷恋的湖中魅影，把您带入赎不出的深渊。

因此，您呼唤下一个世纪的黎明，哪怕化作一粒尘埃。

您渴望被人间的网格真实切割。

一百九十九　向命运妥协

您是您梦想世界里的国王，从一出生，便在梦中构筑您生活的城堡。

您把深情奉献给普通的人们，把他们视作您梦中的子民。

当您知道您最终不过是微不足道的尘埃，您的悲伤如同古老国王向北的逃亡。

您向命运妥协，带着残肢似的扈从，从曾经辉煌的宫殿溃逃。

夜幕是您仓皇的黑衣，它掩盖您的伤悲，同时吸噬您残存的气血。

您在狂乱的夜风中，听到王冠裸葬的哀鸣，

如鬼蜮的狼嚎，要将您最终卷灭，在未知的黄昏。

但是您依然没有放弃您的梦，不管是在身状的岁月，还是马上奔波的夕阳，

您依然是您梦的世界的王。

在弃甲逃遁中也不会弯下您生来高贵的身躯，哪怕被冰凌风削双眼，

您也要在雪中站立成碑。

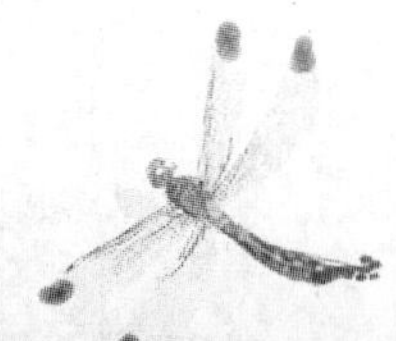

第三十九章　美人鱼的身躯

二百　美人鱼的身躯

我们的生存方式，象“美人鱼”的身躯。

从一开始，人类就是天灵和肉体结合的矛盾痛苦纠结的载体。

当年少时，天灵主宰我们的思想，我们俯瞰世间的一切，仿佛它的王者。

当天灵随时光远去，生存病患的烦恼将我们肩膀压垮，曾经的王者变成人间爬行的卒役。

在不能改变的人生轨道，我们最终成为靠惯性爬到终点的没有天灵驾驭的纯粹的肉身。

但或者我们可以糊涂的享受晨起和日落，沐浴午后的灿阳，像一只老猫，

等到最后尘土的收藏。

二百零一　天灵满赋的孩子

您说上帝一开始就把您造成孩子，一个天灵满赋的不同于别人的孩子。

您却靠着超人的天资收藏了人间太多的眼泪，

您过多的心窍徒增您对人间冷漠的叹息。

但即便如此，您也不愿和其它世俗一般沉沦。

您天性的善良融合在您四溢的敏锐和才思中，您做梦的力量可以将一切嘈杂息声。

让我们在人间吵闹如地狱的空间获得空灵般的救赎。

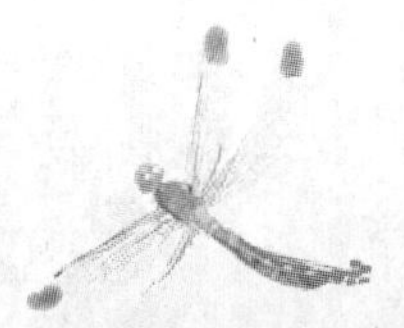

二百零二　独处之王

您最终成为独处之王，

在一个人静默的空间写下人间永恒的诗篇。

“您一个人吗？”

“不，从来不是！”

我的回答。

二百零三　与别人的区别

您在咖啡馆里划出了您与其他人的不同，
您和他们的区别，他们和您本质的区别。
在吐着云雾肆意谈论嘲弄别人的人群中，
您再一次断定自己眼中的卑劣的魂灵，
您清醒您不是这群卑微可鄙者的一员。

您更坚持自己的孤独，
尽管您曾经无数次的怀疑失落。
和那些咖啡馆里对他人比手乱舞的人的傲慢和虚荣相比，
您更有理由独尊自己的高贵和空谷的心灵。

二百零四　悲伤的恋曲

因此，您拥有您独有的悲伤的恋曲，

像一个失意的玉树临风的王子，

喜欢对着夕阳弹奏您的悲伤。

这种悲伤的音色，我却感觉这么熟悉，

似乎能看透您悲伤的旋律的底色。

那么轻柔，如光的缠绵，仿佛订婚的舞曲。

害怕新娘在曲终时莫名的消失，留给您一双镶着钻石的水晶的舞鞋。

哦，至少我感怀您这悲伤的间奏，不带任何蹂躏和自虐的迷幻。

它让我在星夜扬起远航的帆。

二百零五　出走的灵魂

仿佛我的灵魂已远离我的身躯，在想象的帆中做远航的梦。

随着您梦的指引我看到海洋下被吞噬的曾经辉煌的宫殿，

那里有美丽的埃及侍女在海浪的摇晃中服侍着女王的衣衫。

我多想看清女王的脸庞，但她总是一闪一落，最后成为宫殿壁画的雕刻。

我惊奇，我也有了可以出走的灵魂，不同于睡眠中生理的梦境。

它让我无限延展生活的空间，在宽度，厚度，长度中将生命之名发挥到极致。

像庄子晓梦的蝴蝶，有了另一个维度另一个生命的体验。

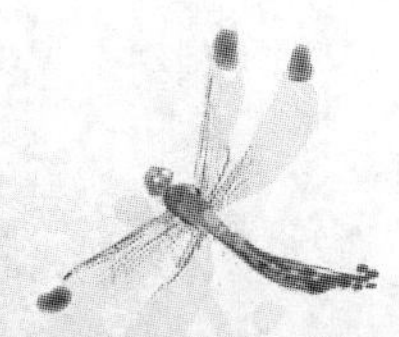

二百零六　轮回

您同时也有了与自己说话的能力。

不是老人喃喃喉结的发声，

而是与另个时空的您做穿越的对话。

或许那是您下一个轮回草稿的附体，

在科学还未能诠释的轮回命题里。

您用自身的力量测量生命转换的各种维度，

带我们进入无边的遐想和更为奥妙的思维的空间。

第四十章　轮回的草稿

二百零七　轮回的草稿

我很好奇，同时大胆的设想，

我会不会就是您打下的那个下一个轮回草稿的附体之一。

因为我同您一样有对文字的挚爱和文章阅读时的喜恶筛检。

曾经沉醉于读书时在每个作者留下的文字里寻找他们梦境，

直到自己开始了文字的刻画。

我喜欢读书，因它带给我不曾经历的梦境。

我也爱上了写字，因它将我自己的梦境在无限行走的空间得到宣示。

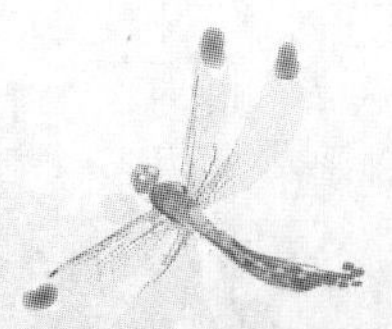

二百零八　接受死亡

是啊，您看到了下个轮回的载体，
您可以坦然接受人们听来恐惧的“死亡”，
您将它视作生命体另一种方式的存在。

或者您已经极不可耐的等待您的“死亡”，
因为您现在周遭的一切琐事让您疲惫难忍。
您想尽快逃离那些没有生命力的琐事，
不如尽快到下个一生命形式中，
走入下一个由死亡孵育的新的生命体中。

您似乎看到您葬礼行进中两旁随行的僧侣，
您躺在“亡体”的棺椁中安详地呼吸。

二百零九　插上翅膀

然而，您依然可以做梦，仿佛插上更有力的翅膀，

您可以看到更深更远的天穹，

那离您心目中的未知的神更近的天阶。

您看到人类历史的洪流：

您看到曾经辉煌的帝国在一瞬间坍塌，

您看到一群人类被另一群人类挥舞着刀戈万劫般后退，

一段历史被另一段历史彻底颠覆，

一种文明被另一种文明全部取代。

您看到一个灵魂在人类轮回间的多次转换，

唯有不变的是呜咽不断的哭声。

如印度恒河的湍流，在各卷轮回中绵绵不息。

还有从来不能被破解的神秘事物，不管是谜雾还是阴谋，

在天穹的轮回中被亿万次提及又亿万次忘记。

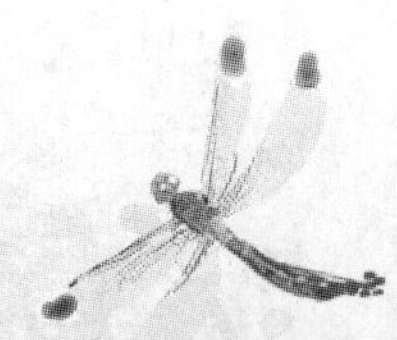

二百一十　反省

于是您开始反省自身，带着客观和虔诚。

您又一次审判自己的历史，不过站在了更高的高度，带有冷峻的硬骨。

其实您同普通人一样，渴望过荣耀和浮名，

只是您智慧的眼看透了它们尽处转身后更加的黑暗、孤独、彷徨，

您索性傲视般拒绝了它们。

您也同普通人一样，看似浪漫的身后是一串串焦虑的心痕。

您在白天尽量将自己修饰。

审视着自己，您看到了另一个真实的自己，

在茫茫夜空，仿佛各种白雾的气团，将您的身躯

在 360 个角度展现。

二百一十一　女神的光体

好像这是第一次看到您对女人的描写，您最终透露了您眼中女人的形象。

她们不是肉欲的凡胎，而是您永远追慕却不会触碰的女神的光体。

在这穿越时光的躯体中，怀有所有人间终极的梦想。

您在生活中远离她们，并不是嫌弃厌恶，

而是怕您丑陋的双手将女神所有美好的梦想触碎，

如是那样，您会自杀般伤悲。

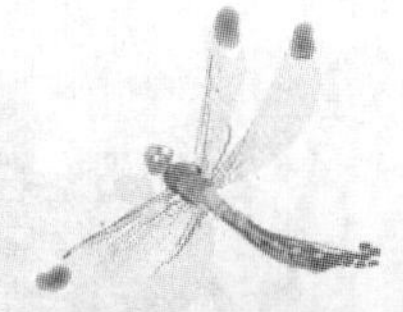

二百一十二　“不在乎的美学”

所有的梦想都是海市蜃楼的空中的狂欢。

让“爱情弱化成爱的梦影”，

孤独者也会生出翅膀翱翔在王拟的天空。

您的“不在乎的美学”，

是一座泪水和泥土做成的为孤独者叫响的雕塑，

然而，我似乎听见黑暗天空乌鸦孤独的悲鸣。

哦，您这“孤独者”的绝唱啊，

将人类所有悲哀奏鸣。

二百一十三　冷

冷。

这一刻的冷。

我想起您的“母亲乳房上冰冷的雨滴”，

这生命之始的冷的序曲，

却成为您一生“冷遇”的底色。

或许当我在今后的炎炎夏日酷热难挨时，

我再来穿梭您生命中的冷色，

也能看到冬日残霜的颜色。

哦，您笔下的“冷”啊，

将世间万物点上一抹无情的霜色。

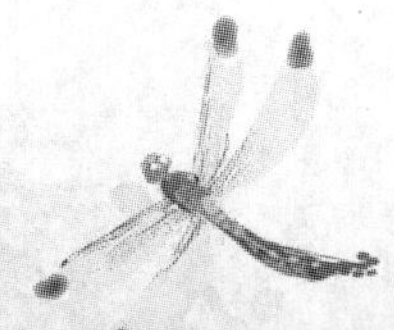

二百一十四　臣服

这种“冷”让您恢复理智的清醒，

但您无法确认您清醒下产生的逻辑是“真理”还是“疯狂”。

您感觉到一种本性的缺失，逐渐缠绕上您。

一种自然本性的缺失带您走入注定错误的方向，然而您却无能为力将其修正。

您已成为宿命的奴，甘愿臣服。

二百一十五　局外人

您说您是一个在人群中的局外人，在那种场合，

您感到局促，看不清他人的脸，也更看不清自己，

您感到您是一个没有灵魂的躯壳，不知道自己属于何方。

为此您常困惑，不解。

只有在您黑暗的出租屋独处，

您才感受到生命的体肤在匀净地呼吸。

其实您何必要把自己当做“局外人”，

那个您说的“局”又会是谁的局呢，一个人，两个人？一群人？

人群的变换在不同的局盘，或许您本身就是一个很迷人的“局”，

在这里，您是“局”中的王者，不是“局外人”。

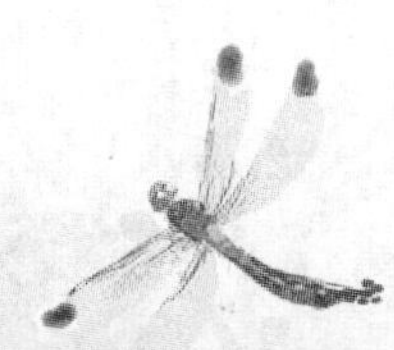

二百一十六　黑夜中的身影

一切停止了。

如死气的光。

而您的身影

却在黑夜中

无限地放大。

第四十一章　飘零

二百一十七　飘零

您对外界平常生活过度的恐惧和拒绝使您在黎明的晨光中也能看到雨的飘零。

您是太悲哀孤独了，大力之神也无法将其从您身上移去。

您用童稚和悲伤的眼细数您见过的风景，如同春雨将万物重新滋润，

您一直在与自己的孤独抗争，或许我到现在才真正读懂了您。

您在一次次的枯风淋雨的夜里托起生命意义的虹，

让每个孤独灵魂的生命体重新努力焕发出新的生存的意义和光芒。

您不是一个颓废者，您只是用另一条轨迹的脚步丈量生命的价值。

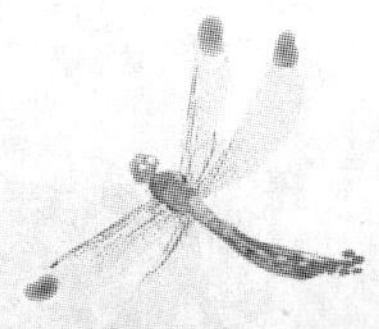

二百一十八　爱周遭的平凡

您热爱周遭的平凡，哪怕只是从身边的窗口瞥一眼隔窗的物镜，

您也能体会柔美的阳光赋予万物的晨起的诗篇。

对了，我想起您生来是诗人，从来是在诗意中看风景。这么重要的事情，我怎么会想不起？

您这独具浪漫情怀的诗人，将沉醉在夜幕下的都市描绘成大师笔下一上一下一左一右切割的蓝黑色的倩影。

将还有躁动的都市搬上人类历史文明的天鹅绒的垂幕。

您自己却徒步走向教堂深处。

二百一十九　白天与黑夜

您的孤独和对平凡生活的渴望，像白天和黑夜每日的反转熬枯您的血液。

它们在白日和黑夜360度的提醒您，也是在招惹您——这多情的人间精灵。

像繁华都市的过山车，您的情绪在白天黑夜间往返旋叠，仿佛没有尽头的高山峡谷。

只要您睁开眼，或打开梦中的眼，您的情怀随着您的“眼”缠绵悱恻，

如一个被弃的怨妇，用歌声将所有幽怨帛裂，缝起，重叠，再帛裂……

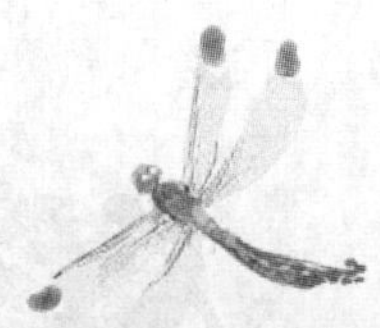

二百二十　打发时光的针线

不同的是您是用您的文字代替妇人手中打发时光的针线，

在窗前的书桌上将时光裂变的空间用文字做记忆的缝合。

在随时光扩展放大的作品中，如妇人手中哀怨环走的针锁，您笔下的作品到最后成为一幅自己全身的肖像。

于是您愤怒了，感觉您徒废了自认为珍贵的时光里的一切。

最终逃离不了自己卑微的躯壳，您再次感觉您其实什么也不是。

除了靠身体写作打发时间的自己、搁放在封闭空间生活的囚徒，您其实什么也不是。

可谁又不是自己打造空间的一个生活的囚徒呢？

二百二十一　封闭的塔

不管处于何种社会，何等阶级，从一出生，每个人都在给自己围一道生活闭塞的城墙，最后僵死在自我建造的封闭的塔。

在无可阻挡的衰退、烦闷的疾病中等待最终穿越围墙的力量——那就是死亡。

或许只有高贵思想的诗人能够享受这些不可逾越的城墙，

在由美丽的侍女盛满的美酒中，

心中涌出的快乐和诗情能够无限穿越僵硬的形而上学的楼阁，

来一场灵魂的游走。

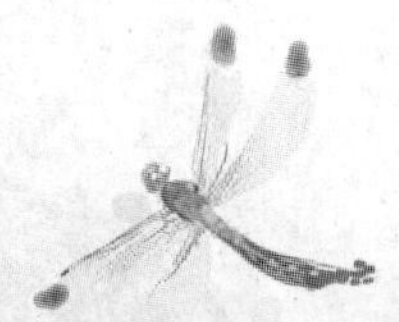

二百二十二　“爱你的邻居”

“爱你的邻居”，这来自福音书中的上帝的教诲，

被世俗一代代接受，又一代代抛弃。

当我们蜷缩在搭建好的围墙的空间，对于围墙外的世界，

一道道冰冷的玻璃门便在心中自然的升起，那是我们的冷漠。

如棱形而锋利的玻璃面，无情地将自己与外界做灵魂外血的切割。

“慈悲为怀，大爱无疆”，这来自欧玛尔·海亚姆大师的伦理的哲学，

在风中无力地摇摆，

永远在召唤躲在避风港内自我装饰后搁浅的船驶向更深的海洋。

二百二十三　灵魂对着身体悲伤

您说“在今天，我的灵魂对着我身体的悲伤。”。

这令天地旷久的才华横溢的诗句啊，将一切生命的痛苦收藏。

而我，何尝听不出您这心中哀伤的咏叹调呢。

无论多么伟大的人，无论多么被敬仰的王，都有生命断裂的一刻。

而在这之前，则是高山流水般时断时续的生命的空响。

总有“今天，我的灵魂对着我身体的悲伤”与每日街角处送报员的哀伤共鸣。

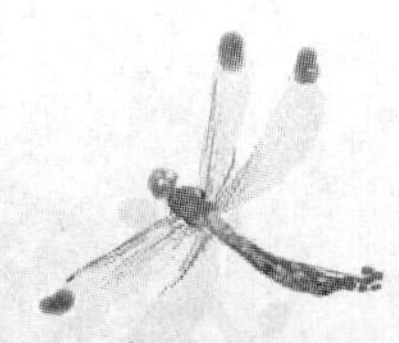

二百二十四　“若有想象，就能看见”

您再次回到雨中，只是这一次与之前有所不同。

这一次，我居然不能从您的文字里感受到绵绵的雨丝，

我感受到的是雷雨电闪前光射下的万物，仿佛回光的反照，将所有定固。

这一场的雨后，如雷电霹雳后的晴空，将枯燥的日子重新洗刷，为人间还有的虹。

您重新加固自己的梦想，“若有想象，就能看见”。

何必靠双脚旅行，您在心中架构的风景就是您与世界沟通的虹。

您将永远童稚的眼放置在您一生生命的旅行中，直到最终向上帝走去。

第四十二章　复活

二百二十六　高处飞扬

您飞扬的文笔让我穿越到大洋彼岸一个平静小镇极平凡的咖啡馆，

看到那杯冒着热气的新沏的咖啡，

我也似乎听到了咖啡馆中传来的轻缓的音乐。

我更加看到了您的脸，衣饰，读到了您的惬意，欢喜。

您让空间一切杂物飞舞，让生命平凡的旋律飞扬，

在侍者每天的笑脸中，在侍女穿戴的衣裙中。

哦，您让平凡的生活在高处飞扬。

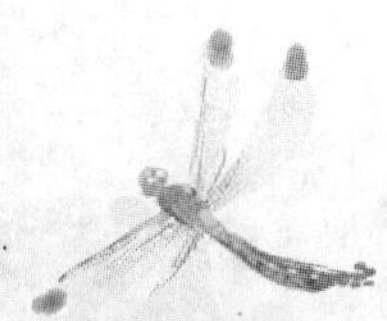

二百二十七　月台

我们都是匆匆的过客。

无论生活使我们高贵、卑微、荒唐、悲戚，

无论报纸上的信息让我们好奇、兴奋、愤怒、绝望，

我们都是时光的匆匆过客。

那些高贵、卑微，只是不同生命体在整个天体轨道中被分配到的个体行径的月台。

而喜怒哀乐是每一个月台上一张暂时拥有的化装舞会的面具。

现代事物如画面，越来越多的柜子为我们盛装了数以千万用来伪装的道具。

二百二十八　每日的梳理

在上面的篇章中，我曾把您比作做针线的妇人，

在今天，我把您细腻的心绪比作少妇每日将凌乱头发认真梳理的竹篦。

您在每日熟悉的街道，用新的阳光和爱去清洗每一个街角，

去看每一个摊贩的脸，您获得每一日新鲜的与往日不同的欢快，

就像少妇每一天不同的心情和故事。

您拥有高尚艺术的伟大思想，在同一个平行线看到多姿的画面，

您像千变万化的魔术师从不同方向不同轨迹在人类的躯壳中变出孤独的魂灵。

因此，您更加喜欢城市，虽然嘈杂，却给您无限想象的舞台，在众生灵上演的空间。

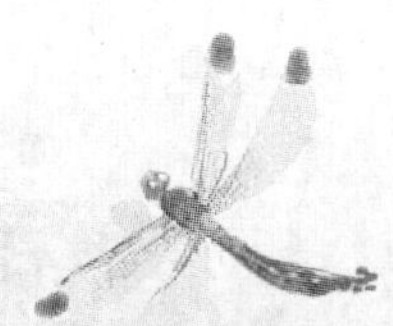

二百二十九　纠结的焦虑

不过因此，

您常会焦虑，

在熟悉的场景

纠结于细微的毫末。

二百三十　选择逃避

然而，极度聪明和有节制力的您选择了逃避，用一场自我的放逐。

直到您重新找回内心的平静。

而每一次新的平静中您又获得巨大的力量，

像被重新加固的城堡，您的心之力更加强大。

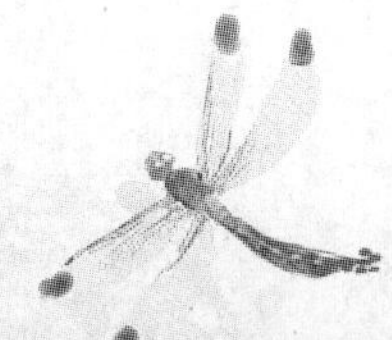

二百三十一　生命的主旋律

您重新回到您梦想初始的经纬，

在失眠、镜面中再次审视自己，

怀疑自己，回到您生命的主旋律。

是的，您在您自己搭建的空间中往返迁滞。

或许您已开始对自己感到厌烦，为无法摆脱的自我。

我仿佛听到了一种来自天际的声音，像一种召唤。

二百三十二　复活

写到这里，我仿佛看见咖啡馆里在您坐着的位子，一个白色的幽灵从您的身体中走了出来，

它渐渐来到我的身边，向我诉说您生命中最后的样子。

在最后几日的烦恼中，您的各种都是轻浮的样子。

您的幻觉和假象，您感受到的虚无，您没有午餐的生活，您混乱却如回忆的思考，

您的一切都是轻飘的，仿佛在离开地球的重力，在人生做最后的概括和总结。

在怀旧和现实中，在远处百合花的肃冷和没有景色的夜晚，

在一切曾经描绘却实则荒谬的哀愁中，您对大地做最后的告白。

当夜幕再次笼罩您爱恋的城市，您闭上了双眼。可您却如往日在城市的漫步，

您同样看到独立的建筑，看到月光下的里斯本。

您倾出了您的泪水，因为您在向它做最后缠绵的告白。

您知道就像那个理发师静静的死亡，您也终会安静地闭上眼睛。

但是您的灵魂却会复活在遥远的天际。

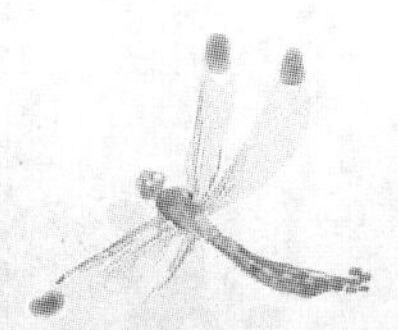

梦的结语：

一切都是安排　一切都是馈赠

亲爱的佩索阿先生，为什么我总想了解却了解不到您的母亲，父亲。

在您所有的梦中，您的亲情被您的文字抛弃在一座废弃的城堡。

您也不愿多说他们，仿佛与他们没有任何话语。

我不知道您的母亲在什么情况下怀上了您，却仿佛看见她生下您，

就将您孤单地轻轻放在医院白色的床铺上。

那白色的床罩带给您在人间的第一感觉不是天使的微笑，

却如裹缠住您一生的白色尸布。

因此，您对女性，保持了一生艰涩的冷酷，拒绝。

您用禁欲的情怀刻画您心中的女人。

那一书一写是对您缺失的母爱温情愤怒的笔罚。

但我想，一切都是最好的安排。

您是上帝特殊关爱的一笔。

您亲情的缺失却使您获得特殊的才能，做梦的才华。

我爱您梦中的一切，

它们带我到一个我肉眼看不到的美妙空间，

在那里，我获得灵魂的超时空的体验。

它们也给我一个无人能提供的宁静的港湾。

在那里，有国王神圣的城堡，王子高贵的容颜。

在那里，是宁静安详的世界，没有堕落，摈除卑鄙，

到处可见王妃高贵美丽的链饰。

在那里，时光不走，岁月不老，一切如石雕般恒存。

在那里，没有喧闹的音响，所有的光都带有行走的音律。

我不知道有谁与我共鸣，在您用文字谱写的生命乐章中，

有谁和我一样听到生命缓缓不息的篇幅，

那是圣经般的典章，如上帝永不合的眼。

您用您孤独的步履，记下每一个肉体的怯懦，

每一个生命体中隐藏的脆弱的薄翼。

每一人都在胆怯却坚强地行走，

用谎言欺骗着别人和自己，

直到在最后一个生命的冬季彻底陷落。

您打开了孤独之窗，让我们这些盲目奔波的凡夫俗子，

在夜晚来临时窥一窥自己灵魂中的孤独之眼，

在它的视像中寻找另一际光尘。

其实，每个个体都是孤独的，或会最终孤独，

您教会我们看到孤独中美丽的物语。

它无声无息，但却给我们打开一道超越世层的天阶。

这天阶，通向永恒的宇宙，更链接那一个真实的自我。

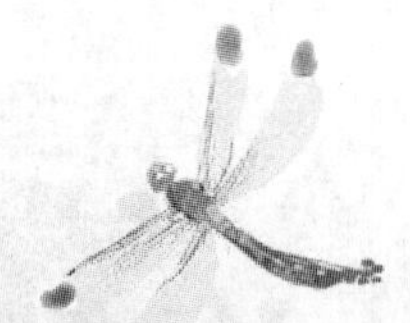

我还要说，对于您，一切都是安排，一切都是馈赠。

对于我，一切都是安排，一切都是馈赠。

对于这本书，一切都是安排，一切都是馈赠。

2017 年 3 月 9 日